ハイク・ガイ

Haiku・Guy

デイヴィッド・G・ラヌー
湊 圭史 訳

三和書籍

「チャズ」「ポール」

「メラニー」と「ミッキー」……

偽名だけど分かるだろ、君たちに！

日本語版への序文

『ハイク・ガイ』に描かれた「むかしむかしのニッポン」は、現実の歴史上の日本ではなく、私が気ままにつむいだファンタジーのニッポンです。一部は事実に基づいていますが、大部分はまったくの空想力の産物です。日本が誇る俳句マスター小林一茶を、英語版では「一杯の茶 Cup-of-Tea」（日本語版では片仮名で「イッサ」）と呼ぶことにしました。このキャラクターは一茶を基にしていますが、かなりの部分がフィクションとして作りあげられたものです。この違いによって、読者に、『ハイク・ガイ』の世界は本当の江戸時代の日本なのではなく、それに表面上だけよく似た（何だって起こりうる）平行世界だということを、何とか示そうと試みたわけです。

『ハイク・ガイ』は俳文ではありません。私自身は「俳句小説《ハイク・ノベル》」と呼んでおります。私が試みたのは、伝統的な俳文と現代小説、それぞれの要素を掛け合わせることでした。べつの観点では、これはフィクションをよそおった「句作マニュアル《ハウ・トゥ・ライト・ハイク》」でもあります。「むかしのニッポン」を舞台にして、私が創作した登場人物が活躍する、読みやすくて、ときにコミカル、ときに悲劇的な物語。それでもって、西洋人を俳句の世界に案内してみたいと思ったのです。くわえて、私が暮らしている現代のニューオーリンズからも、実在の人物たちをキャラクターとして迎えて入れてみました。私が属する創作グループの面々、家族たち、元フィアンセの「ナターシャ」です。むかしのニッポンの「スモモ太夫」――赤いキモノの冷酷な高級娼婦――と彼女が似ているのは偶然ではないでしょう。

一九八〇年代半ばから、私は一茶の俳句を英訳しつづけており、この俳人についての研究書も二冊（『一茶：一杯の茶の詩　*Issa: Cup-of-Tea Poems*』（一九九一年）、『浄土の俳句：僧侶一茶の芸術　*Pure Land Haiku: The Art of Priest Issa*』（二〇〇四年））出版してきました。『ハイク・ガイ』（二〇〇〇年）で私が目指したのは、広い読者層に届くようなものにして、俳句というひと息の芸術と、芭蕉、蕪村、一茶や子規といったその道の名匠たちに対する私の畏敬の念を、英語読者たちと分かち合うことでした。作品のなかでは馬鹿げたこともたくさん起こりますが、すべては俳句とその伝統への深い敬愛をもって書いたものです。

日本語訳を担当し、俳句の生まれた国に暮らす読者たちと作品を共有することを助けてくれた湊圭史氏に感謝します。

デイヴィッド・G・ラヌー
ニューオーリンズにて

ハイク・ガイ

目次

目次

第二部

第三部

カバー絵：白隠禅師「達磨像」万寿寺所蔵

第一部

1．むかしむかし……

むかしむかしのニッポン国でのお話。年の半分は凍ったままの湖を抱く山並みの奥ふかく、もの憂げな顔の牛が白雪をこんもりシルクハットみたいにかぶり、将軍さまご用達の街道がもっと重要などこか他の町へと向かうためにうねうねとつづいていく。春にはネズミ色の雪解け水が道の両わきに溝をふかぶかとうがち、雪がすっかり消えたと思ったらすぐに、真夏のでっかい蚊がブンブンと飛びはじめる。農民らが重い年貢のことを忘れようと、酒を回し、歌をうたい、沸騰せんばかりの風呂にかわりばんこにつかって真っ赤になって、湯気をたてるお湯がどんどん、ぞっとしない茶色に染まっていく。そんな貧しくて、ギイギイと骨の髄まで絞りあげられた土地にある寒村から、このお話は始まる。むろん西洋の地図なんかにはのっていないし、たぶん、未来永劫のるはずもない村だ。雪をかぶった松の木が生える村はずれの丘に、小さなわらぶきの農家が一軒建っている。天の川、西洋風に言えばミルキーウェイの激流が、真っ暗闇の空をザバザバと流れて、古びてひび割れ、すすに黒くまみれた戸のうえに星々の冷えきった光線を投げかけていた。

ひとりの男が杖に身をもたせかけて立っている。頭は禿げてぴかぴか、お腹はぼてんと出て、長ぐつは氷でつるつる滑りそうだ。男は田舎のほうを四十年ほどものあいだ渡り歩いて、あらゆる地方を旅してきた。風に吹かれてさ迷う魂、漂泊に憑かれてきたこの人物は、ようやく故郷へと帰ってきたのだ。

ひと呼んで、イッサ。「一杯のお茶」という意味で、それが男のペンネームだ。それとも俳号というべきだろうか、ペンなんて持ったことがないのだから。いずれにせよ、和綴じのぶ厚い日記の表紙に、墨が滲んだような文字で書かれた彼の名は、イッサとなっている。この日記ときたら、とんでもない数の、一行の、ひと息で読めるような叙事詩で埋めつくされていて——つまり、イッサはハイク作家、俳人であるわけだ。

でもなかには、ハイクっていったい何？　と言う人だって居ることだろう。だとすると、かなりの解説が必要になるかもしれない。とりあえず、このイッサのことをしかと観察してみることにしよう。タニシ汁を音を立ててすするイッサ。裏庭の氷のうえ、朝日に照らされて見えるように、ジグザグの小便でなぞなぞを書くイッサ。真冬に小屋のなかに引きこもって、ひとつだけともる灯りのした、うどんをちびちびと嚙むイッサ——。

まあ見てみよう。まあ聴いてみよう。そうすれば、あなたも学べることがあるかもしれない。

2．デッパ

「おたずねいたしますが、先生、あなたさまが詩人だというのはまことでありましょうや？」

イッサは、座っていた黒松の高枝から、はるかしたの地面へと目をやった。濡れそぼった枝や葉のあいだから、誰か首をのばして見あげているやつがいる。まだ、子どもだ。この地方にありがちな地味なキモノを着て、おかしなほど馬鹿ていねいな態度だ。頭上の枝にふらふら揺れている先生に、お辞儀をしたもんだか、それとも見あげたままでよいもんだか分からないんで、うやうやしい礼をしてからおずおずと空をうかがう、それを何度もくり返している。イッサのほうはのんびりとしたもので、ゆうぜんと手足をのばしてあくびをした。

「そのとおりだよ、ぼうず、私はイッサという」

「お、お目にかかれて光栄にぞんじます！」いま一度、どろどろの水たまりに顔をつけんばかりにお辞儀をし、ついで首をぐいとうえに向けて満面の笑みを浮かべると、子どもの口からは並びの悪い歯がこぼれた。

「デッパといいます、村の詩人であります！」といきおいこんで言う。「お目にかかれて光栄であります、イッサ先生！」

「村の詩人、とな？　それにもう俳号もあるんじゃな。じぶんで考えた名前かね？」

「デッパ」は「突き出した歯」という意味だ。英語で言うならば「牡鹿の歯《バック・ティース》」で、かわいいものなのだけれど。

デッパの返事は、ごていねいにじぶんのわらじを見下しながら言ったもんだから、イッサには聞きとれなかった。まあ問題ない、だいたいの話は呑みこめた。この利発気な子は、全宇宙を耕す土地の端から端までと思っているような農民の家の息子なのだ。感受性が細かすぎるせいで、それとも、突き出した歯のせいで、それに何より、言葉を超えた因縁《カルマ》のせいで、周りのみんなから馬鹿にされながら、いままで生きてきたのだろう。そのカルマは、時間なるものの始めのもうもうとした霧の中から、まさについ先ほどの場面、まだ少年の彼がイッサの家のまえ、雨でてかてか光っている黒松のしたに立っている時点まで、ずっと途切れることなくつづいていて――それによれば、「デッパ」は詩人であるのだった。まあ少なくとも、じぶんではそうだと信じていた、ということだ。

年かさの詩人は足もと確かな地面にまで降りていって、若き詩人を家に招きいれてやった。イッサはその名前のとおり、一杯の茶をふるまった。差し向かいに座って、ふたりは茶をすすった。

「で、デッパ、どんな種類の詩人なんだね、おまえは？」

「俳人であります、先生、でも――」デッパは恥じ入ったように、手もとの茶を見つめている。「野良仕事のために、家族はひっきりなしにぼくを駆りだすんです。それとも、先生がそうだったように、いけ好かないこの村を出奔して、エドへと向かうべきなのでしょうか！」

音を立てて緑茶をすすりこんだイッサの心を、四十年前のじぶんがエドに着いたときの古い記憶がよぎった。着いたそばから、棒でもって追い立てられるようなみすぼらしい浮浪児の群れに入った。みな生きのびるために、物乞いも、盗みだってやった。ほとんどの者らは故郷では食い詰め者で、希望を抱いて出てきたエドにだってすぐに幻滅した。将軍さまのお膝もとは、彼らが夢見ていたような黄金の都などではさらさらなく、ただ、だらしなく広がった、病気の蔓延した、汚物が臭いネズミがあちこちを走り回るような、酒場と売春宿ばかりの肥溜めだった。芸者をきゃあきゃあ言わせていた泥酔したサムライが、切り捨て御免を振りかざして、見かけが気に食わないといって田舎者の子どもに斬りつけ、あっさりと殺してしまったりもした。

「うん、ああ……エドか」イッサは長い追想から覚め、ようやく沈黙を破って答えた。「だが、俳句を書くのに、何もあそこに行く必要はないのだよ」

「そのとおりであります。でも、イッサ先生、あなたはそうなさったではありませんか！」

イッサは話題を変えて言った。「一句、聞かせてくれんかな。じぶんで最良だと思う、おまえの句を」

きらきらと見開かれた目と、笑みで口もとから飛び出した歯とで、デッパの顔が輝いた。胸に窓がついているみたいなやつだな、とイッサは思った。素直に顔に感情があらわれ、開いた本みたいに簡単に読みとれてしまう。

「先生、喜んで！　この俳句は名月の晩に、うちの田んぼでつくったものです。猫が溝のなかからわたしを見つめていました。はじめは死んでいるんだとは気づかなかったんです。月光が目に反射していました。それから、もうすっかり強ばった死体が、黒い水の中に半分つかっているんだと分かったんです。それでつくった句がこれです」

名月や死にたる猫の目のうちに
in the dead cat's eyes / harvest / moons

イッサは目を固くかたく閉じて、心のなかで戦っていた。この戦いはあんまり烈しいものだったから、イッサの顔は、紅梅の赤ほどに真っ赤になって、見ていたデッパはそら恐ろしくなって息を呑んだ。心の繊細な先生を発作に追いこんでしまうほど、わたしの句はひどかったんだろうか？　イッサの顔がもうれつに赤いしかめっ面にひきつれているさまは、デッパに、お寺の門を守っている仁王さまを思い起こさせた。

やっとのことで心をしずめ、でもまだ顔は赤いままで、師匠は目を開いた。熱い茶をふたりの湯飲みに注いで、でもまだ何も言わない。デッパの句がせっぱつまった質問のように、だらんと宙に吊り下げられていた。

それから、イッサが簡単なひと言で沈黙を破った。それを聞いて、若き詩人の読みやすい顔がいま一度輝くことになった。きらきらした瞳、それに前歯をずいと突き出して浮かべる笑顔だ。

「デッパよ、わしの弟子になりなさい」

3．止まる、見る、聴く

小学生のとき、私は、道を横断する際に守らなければならないルールを教わった。二年生からずっと、わが故郷はネブラスカ州オマハの、カソリック系の学校で学んでいた。当時はまだ、修道女は黒ずくめの中世風のローブに、なびくほど長いヴェールをまとっていた。毎日か、それとも一日おきに、私たちは二列に並ばされて、ミサと告解のために道向こうの教会まで引率されていくのだった。それはあるいは、そこまで行く練習をするという、そのためだけのものだったかもしれない。修道女たちは日々、敬虔さを目に見えるかたちで実践することに余念がなかったし、生徒にも同じことを要求していたからだ。縁石のところで止まって、教会へ、また帰り道に学校へと道を渡るまえにかならず、シスター・アゴニストの新兵をしごく軍曹みたいなお腹からのどなり声で、おのおのの命を守るための連禱が聴こえてきたのだった。「止まる、見る、聴く!」

これは後になってみると、俳句のわざについて私が学んだ教訓でもあった。

＊＊＊

この教訓を、デッパはちゃんと理解できてはいなかった。穀物庫わきの草むらにしゃがんで、カタツムリをじっと見つめながら、イッサがいまにも顔を上げて、その小っちゃなやつを素晴らしい一句へと手品のように変えてくれるだろう、と期待していたのだ。そうなれば、先へと進める、少なくとも朝めしは喰えるだろう。でも、そんなことはぜんぜん起こらなかった。ふたりはただ見つめ、見つめ、見つめて、見つめつづけた。

デッパは退屈して、何だこりゃ、いったい何をしてるんだかなあ、と思った。それに、この小鬼みたいなカタツムリは、いやがらせのように、息をつくために休憩をとったり、風をはかるために四つのアンテナ風の目を高だかと突き出してみたり、寝不足だったのか、時おり居眠りを挟んだりしながら、のんびりと進んでいく。ついに、穀物庫のしたのすき間に尻を振りながら潜り込んでいったときには、デッパは歓声をあげてしまった。
イッサは何も言わなかった。素晴らしい一句も、俳句のわざについての深遠な教訓もいっさいなし。朝を徹してのカタツムリ・ウォッチングの意味は、デッパにとってはまったく謎のままに終わった。

止まる、見る、聴く。

イッサとデッパは、あらゆる動きののろいものたちを観察して、その一週間を過ごした。壁板を這うカタツムリを見つめつづける試練のまえの日には、草が伸びる音に午後のあいだじゅう耳を澄ませていた。ついには、暗くなりだしたころ、デッパはうえに伸びんとする草の葉が立てた、かすかな軋みを聴いた「気がした」。さらに、そのまえの日の明けがたには、フキの大きな葉が見える濡れそぼった草むらに踏み入って、朝つゆを、なかには茶碗いっぱいくらいの量のかたまりもあったのだが、すべてゆっくり、ゆっくり、本当にゆっくりと蒸発しきるまで眺めていた。イッサは上機嫌だった。デッパのお尻にはデキモノができた。そのさらに前日はといえば、丘のうえの大根畑の裏の木立でカエルを一匹見つけるやいなや、イッサは低く身をかがめて、にらめっこを始めた。デッパには、にらみ合いが永遠につづくように思えた。カエルも俳人も瞬きひとつしなかった。結果は名誉の痛み分けだった。

それでもまだデッパには、「止まる、見る、聴く」ことの大切さが理解できなかった。聖バーナード校の善良な修道女たちなら、彼にこの教訓を十歳にして叩き込むことができたかもしれないが、それはべつの場所、まったくべつの時代のお話だ。しかし、むかしむかしのニッポン、雪ぶかい山奥の赤貧の地方の、赤貧の農家の息子であるデッパには、師匠のとっぴな訓練を理解するための基礎となるようなバックグラウンドがまったくなかった。

毎晩、デッパが家に帰ってくるたび、先生の教えはどんなだったか、と父親がたずねてきた。父親はデッパが、イッサから俳句のわざを学ぶことをしぶしぶ受け入れてはいたものの、家の用事をちゃんとこなすことができたら、という条件つきであった。毎晩、イッサの俳句教室で過ごした時間の埋め合わせをするために暗い田畑に出て行くまえに、デッパはあらゆる類のすばらしいお話をでっちあげて、父親に聞かせることとなった。正直言って、午前中はカタツムリを見つめ、午後はカエルを見下ろして過ごしたと認めるのが恥ずかしかったのだ。

「今日、イッサ先生が、カッコウのことばの聞きとりかたを教えてくれましたよ」と言ったり、「今朝は、空気みたいに軽い句を書くやりかたを教えてくれましたよ。あんまり軽いものだから、書いた墨が浮かんで消えてしまわないように、石で重しをしておかなくちゃならんくらいです！」と言ってみたり。

実際には、デッパがいくらすばらしいお話をこしらえても、あんまり意味はなかった。父親はフンと鼻をならすだけだったから。汗水たらして働くべき一日をいかに無駄したかを正直に伝えたとしても、その不信げなようすはまったく変わらなかったに違いない。

4. カガのお殿さま

カガのお殿さまは恋に落ちていた。

その日の朝早く、彼はひとり、擦り切れてつるつるになった木の階段をはだしで、マツモト城の天守閣のてっぺんにまで、すばやく音を立てないようにのぼっていった。そして、かつてはそこから弓手が眼下の敵軍がいる朝つゆで濡れそぼった野原に向けて矢を放ち、人間であろうが馬であろうが残酷な正確さでつぎつぎに串刺しにしていた、細長い窓のひとつのそばにひざまずいた。でも、今朝のカガ公の心に浮かぶのは、勇壮な戦争の一場面ではなかった。東の皺くちゃの青い山並みのうえに陽が昇るのを眺めた。母鹿が子鹿を連れて水しぶきをあげながら、紫の影になって歩いていた。公がついたため息は、恋のため息だった。

彼は床に和紙を広げると、流したばかりの涙を匂いたつ墨に合わせ、太い筆の馬毛の先をその悲痛な液体にひたした。手紙をしたためるのである。

＊＊＊

イッサはじぶんの住居を「あばら屋」と呼ぶのを好んでいたが、この日、師匠と弟子はその裏にある丘の高みから、カガ公が家臣をおおげさに引き連れてやってくるのを眺めていた。デッパにとっては、この出来事もまた、師匠の「止まる、見る、聴く」の課題のひとつだった。まるまる二時間かけて、カガ公のお付きの長いながい行列は村へと入っていく――立派なサムライは馬の背に乗り、家来たちの群れは長びつやら、調度やら、鳥籠やら、盆栽やら、カガ公御雇いの芸者衆を乗せた駕籠やらを、えっさかほいさと運んでくる。ぞくぞくとつづく行列は、小さなちいさな村に仰々しく乗り込んできて、わらの山の積まれた街道の両わきには村人たちが土下座して微動だにしない。村人は、恐ろしい大名を顔を上げて見る勇気がないのだ。カガ公は村長の家の軒先から、じぶんの移動式城郭が到着するのを睥睨していた。

ちょうどデッパの辛抱が切れかかったその時、最後のお付きがかすみがかかった丘の曲がり道を回って到着した。イッサはため息をついて、言った。

後供はかすみ引けりカガの守
they even haul the mist! / Lord Kaga's / men

子どもたちがうわずった声で、とくべつな歓迎のうたを歌うあいだ、カガ公は宙をじっと眺めていた。村長は震えながら、大名の足もとにひれ伏している。子どもたちがうたい終わると、村人みんな（午後のうちに人口が四倍にふくれあがっていた）で、息を呑んでカガ公のお言葉を待った。

恐ろしい地方領主がついにもったいなくも、いまにも踏みつぶされるのではないかと縮みあがっている村長に話しかけられた。その言葉は、村長も、聞こえる範囲に立っていた村人も、まったく仰天して、あっけにとられるものだった。

「わしを俳人イッサのところへ案内せよ！」

5．書く

さてようやく、あなたは最初の句をつくる準備ができたわけだ。

残念ながら、何について書くか、いつ書きはじめるべきかを正確に教えてくれる人間はいない。大切にするべき瞬間を、無理やりに押しつけてしまうことになるから。ただ「止まり、見て、聴か」なくてはならない。それで、いまだ、とあなたが感じたときに、書きはじめるべきなのだ。

例えば、カガ公の堂々たる入村場面についてのイッサの句。家臣たちの長いながい行列がつづく——がらくたやら、鳥やら、人間やらを引き連れてやってくる——それに、まるで、かすみもうしろにくっついて村に入ってくるように見えた、そこで一句。

後供はかすみ引けりカガの守

デッパは、師匠が一週間もつづいた沈黙のあとで、俳句を外へ、つまり世界へと吐き出すそのあまりの自然さに驚いた。カタツムリを眺め、カエルを凝視し、何斗もの朝つゆが無へと消滅するのを観察した、そのあいだつづいた静けさのあとで。正しい言葉が浮かんでくるのには、とんでもない量の沈黙が必要なのだ。

ながながとした沈黙が、とつぜん湧き起こる予想もしない言葉で破られる、というこの現象は、私にとってはお馴染みのものだ。私はこの文章を書き始めるまえ、何年も何年も沈黙を守ってきた。本を書く、という一点においてだけだけれども。わが前作『原始人ガーン』を書いたのは、まだ中学生のころだった。内容は、原始超人ガーンの冒険を書きつらねたものだった。毎章毎章、生存をかけたガーンの前歴史的奮闘が、スリルに満ちたエピソードによってとうとうと語られていた。例えば、「ガーン、ティラノサウルスと格闘する」、「ガーン、巨大タランチュラと戦う」、などなど。本の半ばあたりで、ガーンは人生の伴侶、未来の原始妻になる女性、ルーラと出会う。彼女をやたらと怒りっぽい恐竜たちから無事守り抜いて、だだっぴろい鍾乳洞のすずしい穴ぐらに新居を構えるのである。私自身の始まったばかりの思春期が、血のなかを駆けめぐっていた熱くうずくホルモンの流れによって、ガーンの内容に影響していたのは間違いない。わが主人公は毎日のように、馬鹿でかいニシキヘビだとか、奇声をあげる翼手竜だとかからルーラを救出するのだが、最後は決まって再会なったカップルの刺激的な抱擁で終わる。そして、ふたりは洞窟のなかへと消えていくのであった。

思春期とともに、私の小説家としてのキャリアは終わりを告げた。そのあとには苦悶に満ちた時代がつづいて、ちょうどマツモト城の射撃穴の高みに座って涙にむせんでいたカガ公と同じように、もっぱら、涙でびしょびしょに濡れた恋愛詩のみを書きつづってきたのだった。

でもいまは、言葉がどんどんとページのうえにほとばしり出て、それを捕まえるには、青いボールペンをいくら走らせても追いつかないほどなのだ。この章のレッスンもおのずから書かれていくようで、まるで、物理世界を超えた場所にいる見えないブッダからの速射砲のような伝言のかずかずを、塹壕のなかに閉じ込められて記録しているタイピスト、といった気分である。

何とらくらくと、かるがると、浮き立つように書けるものだろう！　デッパが空想したように、テーブルのうえにつぎつぎ積みあがっていく紙の山からインクが宙に漂いだしてしまって、台所のなかを狂った青いスパゲッティみたいに飛びまわり、ついにはぐるぐる巡っている何やかんやの言葉を、ふいと吹いた風が開いた窓から吸い出していってしまうかもしれない——そして、青い言葉の筋が空のかなたへと、とおく飛び去っていく。

そんなことだって起こりうる気がしてくる。

6. カガのお殿さま（つづき）

カガ公を案内して、村長が泥だらけの急な小道をのぼってくる。村長は、まだ家の布団のなかにいて眠っているはずで、じぶんが一役を割り当てられているこの奇態な場面は夢のなかで起こっているのだ、とひたすら思い込もうとしていた。しかし、万が一、夢でないときのためのことを考えて、いつも夢のなかで本当に夢かどうかを確かめるためにとる手段、つまり、空に向けて平泳ぎで泳ぎだしてみることを、何とか我慢していた。

結局のところ、これはかしこい選択だった。カガ公は正真正銘、その日の午後、とつぜん村に到着して、その最初の、また唯一の命令ときたら、まったくもって不可解な「わしを俳人イッサのところへ案内せよ！」のひと言だったのだから。

雲のなかへと泳ぎだす衝動に駆られながら、村長は農家の左側のほうの、すすで黒くなった戸をドンドンと叩いた。もう一方の戸口――右側のきれいに新しく塗られた戸がぱっと開いた。イッサの年老いた継母サッの不機嫌なしわくちゃ顔がのぞき、カガ公のご尊顔を拝して顔面蒼白となった。

イッサが故郷に戻って、先祖伝来の家の所有権を主張したときには、たいした騒ぎになったものだ。継母のサッはじぶんが腹を痛めた息子であるセンロクに相続権がある、イッサはそれを「放棄した」のだ、と固く主張した。センロクはここを離れたことがない。ずっとこの場所で暮らし、かすみのかかった松のあいだの蕎麦畑と田んぼを実直に耕しつづけてきたんだから。すったもんだのあげく、村長が所有地をふたつに分けるという妙案を出し、家と土地をちょうど真んなかでぶった切ってしまった。

「イッサはどこにおるかな？」村長はたずねた。

「裏ですよ！」サッが答えると同時にバシャンと強く戸を閉めたので、うえに吊るした風鈴が跳ねあがって、地面に落ちて、チリン、コロンと音を立てた。

「ここで待っておれ！」カガ公は命じると、村長と護衛のサムライたちを玄関に残して、ひとりで家の裏へと回っていった。

イッサとデッパが泥まんじゅうをこねているところに、家の角からエメラルドと青の絹で絢爛と着飾ったカガ公が現れた。デッパはいつもどおり分かりやすい反応を見せ、退屈そうな顔はあっという間に恐怖一色の表情にとって代わられた。イッサはといえば、しかし落ち着き払ったもので、ぼてっと湿ったまんじゅうを手から手へとぱちぱちとこねつづけて、顔を上げる気配さえも見せない。

「泥まんじゅうかな、ふーん？」カガ公は俳人のとなりにしゃがみこんで、顔をぐいと近づけたので、公の薄荷みたいな息で、イッサの泥のお菓子に素敵な香りが付いた。

「エドでは、わしらはみな、おぬしがおらんで淋しがっておるのだぞ、イッサよ。友からの便りをさげてまいった。それと、願い文が一通じゃ。われらのところに戻ってきてはくれぬかの！　エドがおぬしを求めておるというのに、なんでこんなネズミ穴みたいな村でくすぶっておる？　みな、わしもじゃが、おぬしがおらんと淋しゅうてならんぞ、イッサよ！」

デッパはいまやすっかり平身低頭して、両の腕はそれまで師匠とふたりでまんじゅうの材料を調達していたびちゃびちゃの泥にすっかり埋まっていた。またぞろ新しい、何のためになるのか分からない俳句の教えを受けていたところだったのだ。若い俳人はちょうど、父親に話すためのとっておきのお話をこしらえ終わったところだった。「今日、イッサ先生が、お茶の表でゆらゆらと踊っている光をつかって俳句を書く方法を教えてくれましたよ！」

イッサはそのあいだもずっと、しゃがんだ姿勢で、泥まんじゅうをこねつづけていた。

「ここが私の故郷ですから」と、ついに口を開いた。

「うんまあ、おぬしの決めることじゃが」カガ公は話題を変えたがっているようだった。「わしがここに来た一番の理由はまあ、それじゃないんじゃ、友よ。今朝、一句書いたところなんじゃが、正直に教えてくれぬか、こりゃ、ちょっとはマシかの？」

シナノの国の大名は、ひらひらと波だつエメラルド色と青のそでから、上質の薄い和紙のひと巻きを取り出した。差し出されたイッサは右手でそれを受け取りながら、左手で作ったばかりの泥まんじゅうを公に献上した。

どうやら避けることもできなさそうなので、カガ公は空いたほうの手でまんじゅうを頂戴することになった。

イッサは受け取った紙をさらさらと広げると、そこにしたためられたカガ公の一句を大声で読みあげた。

われの又破れし恋や春の雨

broken again in spring / heart / in the rain

長いながい沈黙がつづいた。デッパは冷たい泥のなかにさらに深く顎を埋めながら、息をけんめいに止めていた。カガ公の手が不安げに泥まんじゅうを握りしめ、茶色い泥が指のあいだからぽとぽとと流れ落ちた。

イッサはとつぜん立ちあがると、そばの腹違いの弟の飼っている牛が食事をしている草地へと歩いていった。ほかほかと湯気を立てている新しい糞の山を選ぶと、そこに、カガ公の句が書かれた和紙を落として、下駄の歯でもってぐいとねじ込んだ。

カガ公はそれを見て、仰天した。かたく握り締めたこぶしから、イッサの泥まんじゅうの残りがぼたぼたと地面に落ちた。デッパはといえば、すべてを目に留めてあとで日記に記すことにはなるのだが、この時はただひたすらに息をひそめているのみだった。

イッサは初めにいた場所に戻って、またしゃがみこんだ。カガ公はそれを冷静に眺めていた。

「いま少し努力が必要ですな」イッサが言った。

そこでカガ公とイッサはまったく同時に、地震が起きたみたいな馬鹿笑いを始めた。

「かたじけない、イッサ先生！」カガ公が大声でしめくくった。

7．老いらくの

みなが驚いたことに、カガ公のカシワバラ村滞在は、数週間から、さらに数カ月にまで延々になった。お殿さまはイッサを訪ねるために毎朝、丘をのぼっていった。師匠の批評をうけるために、涙でもって書き留めたばかりの一句をそでにたくしこんで。

牛たちは休むひまなく働いていた。あばら屋の裏の庭は、しわくちゃの俳句の書かれた和紙が飾りのようにひっ付いた牛糞の山でいっぱいになった。イッサの腹違いの弟のセンロクは、恐れおおい大名の作品に触れるのがこわくて、パタパタなびいているゴミを片づける勇気がなかったのだ。

デッパは、いまや父親の熱烈な許しをもらって、この毎朝のレッスンを傍聴していた。父は、お偉い権力者さまと息子が親しく付き合うことができるのにすっかり興奮していた。あんなふうに仲良くしているうちに、仕官にまで漕ぎつけるんじゃなかろうか？デッパが夜戻ってくると、野良仕事は父親がすっかり片付けてしまっていた。しかも早く寝て、しっかり睡眠をとるようにしろと言い張るのである。「句作のためには、しっかりと心を休ませなければならんからのう」と、父は重々しくのたまった。

六月、古い陰暦のカレンダーで晩夏になるころ、カガ公がそのあいだの日にちどおりの数である百句目をイッサに差し出した。

センロクの牛は期待して、モーと鳴き声をあげた。

その句は公がカシワバラにやってきてから、ちょうど百度目の朝に書いた百句目であった。カガ公は縁起の良い数字が幸運を連れてきてくれるかもしれない、とすがるような思いだった。

その日の朝早く、宿の部屋にあけぼのの最初の青い光が斜めに差し込むころ、カガ公は寝床から出て、三人の裸の妾たち、そのうちのひとりなどは子どもみたいに親指を吸っていたのを慎重にまたいで、書きもの机のまえに腰を下ろしたのだった。将軍さまの都に住んでいる酷薄な思いびと、スモモ太夫の姿を心に思い浮かべると、すぐにあふれ出てくる新鮮な涙の数粒を、墨汁に混ぜた。彼が百日間かかさずに送った熱のこもった手紙に、太夫はひとつの返事もくれなかった。お殿さまは馬毛の筆先を墨にひたすと、奇跡を祈った――奇跡は起こらなかった。が、墨がいまにも滴りそうなので、無駄にしないように、心に浮かぶままを走り書きしてみた。じぶんが何を書こうとしているのだか、実際に紙のうえに言葉が現れるのを見るまではまったく分からなかった。

老いらくの冬の焚つけ積むばかり
the old fart / stacks the winter / kindling

さて、あばら屋の裏で、イッサはいつものとおり、カガ公の句をしたためた紙を開いて、これまたいつもどおり、ゆっくりとしたひと息で、上の句と中の句のあとにほんのわずかの休止をはさんで、高らかに読みあげた。まったくいつものとおり。しかし、今回は何かが違っていた。

デッパとカガ公はひざまずいて、期待に満ちた沈黙を守った。センロクの牛までも、大名の百句目にびっくりしたように、音も立てず見守っていた。

「よし」と、イッサは言った。

8. 創作グループ

私がいま住んでいるのはニューオーリンズである。哀愁に満ちたスペイン苔がそこらじゅうをおおい、文学の香りをただよわせている古い街だ。ここでは、作家志望のものらは創作グループをつくっている。ちょうど、エドへ通じる大門をひとりぼっちの若きイッサが一文無しでくぐってその一員に加わった、脅かされ苛められていた浮浪児たちが徒党を組んでいたように。

創作グループは、週に一度か、それとも月に二度、たいていは喫茶店に集まって、まずは熱いジャワ・コーヒーを血管へと注ぎこむ。カフェインでほどよい躁状態に入って、作家志望の人間につきものの、生まれつきの羞恥心を押し殺し、互いの作品を「共有《シェア》する」

と私たちが呼ぶところの行為をおこなうためだ。

これを読んで俳句を始めようとしているあなたも、いますぐにでも、創作グループをつくってみるべきだと思う。俳句は、セックスだとか、ブリッジだとか、バーボン通りのパブのカラオケで歌うのと同様に社会的活動なのだ。

私の参加しているグループはいかにも折衷主義である。メラニーは彼女自身の実体験を〈現実フィクション〉として書きつらねている。例えば、アラスカで夏のあいだ漁師として働いたことだとか、ある年にガーナの村人たちに性教育を行ったことだとか。メラニーの現実生活は、彼女が想像でつくりだすものよりもはるかに面白いことが分かったので、ただそれをそのまま語ることにしたのである。

チャズはSFとホラー専門の書き手だ。故郷アーカンソーを舞台に、突然変異の怪物が登場する小説を書いている。映画化が最終目標だ。アクションと血のりがたっぷり、それにくわえて、彼の〈進行中の作品〉にはちょっと変態的なところがあった。彼の描く怪物は、セックスをするときには、オス六体が幸運なメス一体のまわりで「さや」を作るのである。この設定は女性メンバーふたり、メラニーとミッキーにも承認されていた。

ミッキーはといえば「小説」に取り組んでいたが、実際にはそれは自伝であって、内容は意気軒昂なのだか、意気消沈なのだか、私たちには判断つきかねるようなものだった。一九六〇年代を舞台に、ユダヤ人女性がヨーロッパをぐるりとヒッチハイクする、とりとめのないインテリ風ロマンスだった。その名もミッキーという作者の別人格はさっそうと、毛深くてオリーヴ色の肌をした訛りのつよい男たちをつぎつぎに手玉に取っていく。舞台は異国情緒たっぷりの、トルヴェスクだとかブレッド、イスタンブールである。チャズの怪物のメスと同じく、ミッキー描くところのミッキーは、控えめに言っても過剰にオスを受け入れるのである。何カ月ものあいだそれを毎章読まされて、いまや他のメンバーは彼女の物語にすっかりハマってしまっていた。ミッキーが作家が陥りがちなカンシャクを起こして、原稿を灰にしてやると脅すたびに、私たちはみんなで現実のミッキーに、お話のミッキーを生き延びさせてやってくれと嘆願するのだった。

私がこの小説の最初の数章をグループで発表したとき、メンバーたちは驚きながらも、こりゃいいよと言ってくれ、感想をつぎつぎに出してくれた。

メラニーは、話自体は気に入ってくれたものの、むかしむかしのニッポンをゆく「ハイク・ガイ」には、女性としては感情移入できないわね、と不平をもらした。男に頼らない自我を確立した、三次元的リアリティのある女性を登場させてみたらどうかしら?

「悪くないね」と私。提案をすぐにメモする。

つぎは、チャズの質問。第2章でイッサが、鬼瓦みたいなしかめっ面をつくって、顔が真っ赤になったのはどうしてなのか？

「デッパの俳句はそんなにひどかったのかい？　それとも出来が良かったから、イッサは嫉妬したのかな？　それとも怒ったの？」

「分からないな」と私は認めた。

「たぶん、お腹がはったんじゃないかしら」ミッキーが助け舟を出してくれた。

私は肩をすくめた。本当に分からなかったからだ。グループのみんなのまえに置かれた言葉は、私からではなく、ブッダからやってきたものなんだ、とはっきり伝えるべきだろうか？

つづいてはミッキーの意見だった。きらきらした灰色の、どこにだって行ったことがあるわよという瞳で私を射ぬいて、すっかり骨抜きにしてしまいそうだ。

「文章にまとまりがないわね」と彼女。

「何だって？」

「ハウツウ本じゃあないし……小説なのかしら。まとまりがないわよ！」

私は困惑して、目をぱちくりさせた。

先週の木曜日と同様、創作グループの仲間から学ぶところは大きかったけれども、私は胃のあたりにむかむかしたものを抱えて会合をあとにした。暗くなりはじめた通りを自転車を漕いで帰るときもずっと、胃のなかをハラペーニョトウガラシのでっかくて冷たいかたまりがぐるぐる回っている感じだった。キャロルトン通りの高架下を、割れた壜とか眠りこけた酔っ払いを避けながらぐるぐるころになると、何がいけなかったかが分かった。メラニーやミッキーやチャズも、彼女ら自身が直接に、イッサが生きた時と場所を体験してみないことには、たいした助けになってはくれないのだ。機会を見つけしだい、その場所、その時代に、つまりはむかしのニッポン国に、われらが創作グループのメンバーを送り込むことにした。たぶん、つぎの章でだな。

そうすればたぶん、分かってくれるに違いない。

9．花火

その夜、自作の句が師匠に初めて認められたことを祝して、カガ公は湖のほとりで花火大会を催した。カガ公のお付きの者たち、それに村中がこぞって参加して、「おおっ！」とか「ああっ！」とか歓声を上げる。空高く打ちあげられた花火玉がくりかえしサファイア色や青の花を咲かせ、その輝きが冷たくて真っ暗な湖水へとゆるやかに落ちていく。

メラニーとチャズ、それにミッキーも、この時代の衣装を着てそこに立っていた。チャズはさっそうとした浪人ザムライの出で立ちで、さやに収めた長剣を肩から背中にぶらさげていた。片手にはわらに包んだとっくりを握りしめ、花火の大輪が山並みのうえの空に咲くたびに、ぐいと一口やるのだった。すっかり酔っぱらって、むかしのニッポンの風情を満喫しているようすだ。

メラニーとミッキーは、村外からやってきた旅の芸者の出で立ちだった。白とピンクの桜の花をあしらったキモノでおめかしして、断然、かがやいて見えた。カガ公の花火のパステルの光に照らされながら微笑むと、お歯黒のせいで優雅にも歯抜けにも見える。傘をくるくる、扇子をひらひらさせて、壮観な眺めにすっかり興奮して、けらけら笑い声を立てている。その場に居合わせた他の芸者たちはずっと控えめで、この新参者を冷たい嫉妬の怒りを含んだ視線で突き刺していた――まるでじっと睨みつけるだけでふたりを立ち去らせ、あるいは少なくとも、媚をふくんだしなを止めさせることができるかのように。

イッサとデッパは、そのすぐそばの岩のうえに座っていた。デッパは花火にすっかり度肝を抜かれて、目をいっぱいにひん剥いて、顔に分かりやすい感嘆の表情を浮かべていた。そのうち、イッサは岩を降りて、群衆のなかを歩きまわりはじめた。スシ詰めになって「おおっ！」とか「ああっ！」とかくりかえしているギャラリーのなかで、ひとりっきりになる素敵な気分を楽しんだ。

チャズのわきを通り過ぎるとき、イッサの顔に笑みがこぼれた。チャズはデフ・レパードの曲を歌い、ヘッドバンギングしながら、さやに収めた武器をギターみたいにかき鳴らしていた。チャズはカガ公のサムライたちのなかにいた。サムライたちもまた酒をがぶがぶやりながら、チャズのおかしな、耳慣れないオンチな歌に合わせて歌おうとしたりしていた。中国人だと思ったらしい。チャズとその新しいサムライ友だちがなりたて、叫び声をあげるあいだずっと、夜空には、カガ公お気に入りのエメラルド色と青の素晴らしい花火が、轟きをあげながら傘を開きつづけていた。

イッサはつづいて、ミッキーとメラニーの数メートルうしろを通り過ぎたのだが、ふたりともこの偉大な詩人と対面する得がたいチャンスを逃してしまった。彼女らは下駄をほっぽりだして、もっといい眺めを得るために、凍るように冷たい湖に膝までつかっていた。そのうしろの岸では、怒り心頭に発したカガ公お付きの芸者衆が、その視線でもってふたりを串刺しにしつづけていた。

腰をくねらせているミッキーとメラニーからほど近い湖岸にイッサは立って、世界が知らないままに終わるだろう幾多の名句をぶつぶつと呟いていた。その時、最後にいっせいに打ちあがった花火玉が空でオーガズムを迎え、村人たちも大名のお付きのものたちもまさにこれがクライマックスと騒々しく声を合わせ、「おおおおおっ！」と雄叫びを上げた。それでお開きとなった。イッサの口からため息がこぼれた。

観衆は押し合いへし合いしながら、村まで歩いて帰っていった。メラニーとミッキーは輿に乗り込んで、四人の上半身はだかの屈強で若々しい大男たちにえっさかほいさと担がれていった。チャズは前後不覚に酔っぱらってふらふらになりながら、新しい乱暴もののサムライ友だちといっしょに歩いていた。陽気なこの一団は酒が回ったまま、刀をカチカチ言わせながら宿へと向かっていった。カガ公が馬に乗ってドカドカと通り過ぎたときには、危うく踏みつぶされそうになった。

カガ公は暗がりを歩いているウゾウムゾウなどには頓着せぬお人柄だった。ひと仕事終えた気分で、傷心の句を書くのはとりあえずこれでおしまいにして、農民から年貢を搾り取るという真面目な仕事に取りかかろうかと考えているところだった。そんな現実的なあれこれに心を奪われていたので、この百日間で初めて、スモモ太夫、将軍さまの都でのうのうと暮らしながら手紙ひとつも返してくれない、あのつれない思いびとをすっかり忘れることができたのである。

花火大会は終わった。真っ暗な空に、星が明るくまたたいていた。

10. 振り返らない

俳句とはカラテ・チョップのようなもの、サムライの刀の後悔を知らぬひと突きのようなものだ。迷いだとか、考え直しだとか、ましてや「書き直し」などはあり得ない。物知り顔の人間がいう俳句の「推敲」とは、実際には新しい句をつくるということなのだ。

例えば、カガ公の湖岸花火大会の夜、イッサは空が明るく輝くたびに一句を吐き出していた。そのたいていは似通っていたけれども、それでもそのすべてが、雪のひとひらひとひらのようにユニークだった。他の見物たちが「ああっ」「おおっ」をくりかえすあいだ、イッサは句作に余念がなかったのだ。

残念なことに、これらの即興句のなかでデッパが思い出すことができたのは、ただ一句だけだった。デッパは後世のため、この一句を日記に書き留めている。

どをんどんどんとしくじり花火哉

boom! boom! ka-boom! / so many duds... / fireworks

ニッポンにおいて、ベースボールの人気が高いのは偶然ではない。空手の試合だとか、脂肪をタプタプさせた鯨みたいな相撲取りの取り組みと同様、ピッチャーとバッターのあいだの勝負も刹那の間、まったくのしぜんな成り行きのうちで行われる。待ったも、やり直しもない。ピッチャーの球が放たれたときにためらって、少しでも余計な考えが浮かんだら、すなわち、やられてしまうのだ。三振だ、へぼバッターめ！　と、ニッポンの審判がキャッチャーのうしろからつばき混じりに叫ぶ。「アウトオォー！」

俳句はピカソによる十秒のデッサンみたいなものだ。まえもっての計画はなし、後悔の余地なし、迷うひまなし。とにかくバットを振る！

そして俳句とは人生であり、人生は俳句である。

シンラン――人生の罠を逃れんとすることの罠から逃れるために僧侶たちにセックスをすすめた宗門のあの開祖――がかつて言ったように、意識的計算はすでにエゴによって汚されている。トウキョウでは今日でも大人気のあの納豆みたいに、腐りきっているのだ。

ところで、メラニーはカガ公の花火を見た夜、納豆を口にした。ゲーゲーと吐き出す（たいていのものがそうする、慣れないとキツイ味なのだ）かと思いきや、すっかり鉢まできれいに嘗め尽くして、「おかわり」と召使いに命じたのであった。これまでにもあらゆる類の人びと、エスキモーの漁師から、アフリカの村人、ニューオーリンズ中心のジャズ・ミュージシャンたちにも、ぞうさもなく溶け込んでしまうことができた彼女の能力が、また証明されたというわけだ。世界中を旅していたおかげで、現在のアメリカからむかしむかしのニッポンへの訪問にさえも準備ができていたのだ。実際、メラニーはこの小説のなかに、あと数章のあいだとどまることが決定した。

チャズとミッキーはニッポン滞在を楽しんだけれども、気楽なホームグラウンド、ニューオーリンズに喜んで戻ることにした。メラニーはといえば、彼女にとってはいつものことだけれど、旅先でしばらく暮らすことに決めてしまったのだ。

11. 文楽劇場

カガ公主催の湖岸花火大会から二日後、イッサとデッパの師弟は丘を降り、イッサの旧友に会いに出かけた。人形つかいのヤマクラは、この赤貧の、文化的にもやせ細った地方では唯一の文楽座である小劇場をひっそりと営んでいて、芸術家であるという点でイッサとどこか共通するところがあった。しかしイッサと違って、操り棒でもって人形のようにあつかうことができない新しい状況になると、ヤマクラは落ち着かなくなるような人物だった。派手に飾られた二尺あまりの彼の人形は、ヨーロッパの同類のように糸で吊るされて動くのではない。関節でカクカクと曲がる身体は、ヤマクラがうしろから見事な手ぎわで操る、黒くて細い棒のリズムに合わせて踊るのである。ニッポンの人形劇では、人形つかいは黒装束に身を包んではいるものの、小人サイズの出演者のうしろで丸見えになっている。しかしながら、手だれの人形つかいならば、腕・脚・頭につながった棒をたくみに押したり引いたりしながら、あたかも神が創造のあとで宇宙の背後に隠れたように、劇中で色鮮やかに展開される世界の裏側へと姿をひそめることができるのだ。
ヤマクラのふたりの娘、ナオコとミカは、父親が劇中世界の小人たちを木から彫り出し、彩色し、衣装を着せるのを手伝いながら育った。工房は、想像力豊かな少女たちにとって、素敵な遊び場だった。時間を経るごとに、まるで父親の口を利けない人形と競うように彼女たちは無口になっていって、繊細を極めたボディ・ランゲージでもって家族や友人たちに必要事項を伝えるようになり、ついには、その意図を間違いなく伝えられるまでになった。

意思疎通のために人形じみたジェスチャーに頼りすぎたせいだろう、姉妹ふたりともが十代を過ぎ、二十代を過ぎても未婚のままでいた。長い列をなした男たちが茶卓にお行儀よく座り、ミカとナオコと向かい合っているのを想像してみてほしい。姉妹が不安そうに慌しく人形ジェスチャーに頼るのを、何とか理解しようと苦労するものの、夫候補者たちは結局さじを投げてしまうのだった。

しかしそのことを、姉妹はまったく気にしていなかった。ふたりとも男との関係なしでじぶんを位置づけられる、三次元的複雑さをそなえた女性だったから。

イッサとデッパが階上の居間で行儀よく茶をふるまわれたあと、木の階段をヤマクラにつづいて降りていくと、そこは、建物の一階部分をすっかり占領している劇場である。いつものことだが、この夜の観客も少なかった。ナオコとミカがいて、あとは数人の地元の常連客、それに新しいお客がひとり、ヤマクラ夫人の料金箱に木戸銭を落としていた。客席のずっとうしろのほうのかげに隠れたこの最後の客は、数日まえにカガ公の花火大会に居合わせていた旅の芸者のうちのひとりだった。ちょうど近くの宿に泊まったのだ。彼女の落ち着いたうやうやしい作法——礼をして扇子をぱたぱたとやる、その非のつけどころのない仕草を見ると、地元のひとたちも混じりっけなしのニホン人に間違いないと信じこまされるのだった。だがもちろん、彼女はメラニーそのひとである。

その姿を見て、デッパの心臓はドキドキと動悸をうちはじめた。これは書き手である私にも予期せぬ事態だったので、じぶんの現代の友達を小説のなかに招きいれたのが、いったい正しいことだったかどうか、どうも不安になってきた。気の毒なのはデッパである。まったくべつの世紀から闖入してきて、彼の物語をつかの間通りすぎるだけの女性にひと目惚れしてしまったのだから。

その夜の演し物《だしもの》もこれまた恋愛ものだった。恋人ふたりが手に手を取り合って、美しい自殺を遂げる話である。演日で一番興味をひいたのは、イッサに限って言えばであるが、ナオコとミカがつくった衣装だった。イッサが観劇するというので、驚かせようと、とくべつの仕掛けを用意していたのだ。俳人がいつも着ているのとそっくりの土色のキモノを、主人公に着せたのである。イッサは喜んで笑ったが、じぶんの似姿がつるつるの禿げ頭なのを見て、往年のふさふさとした黒髪が懐かしくなった。四十年にも渡ってほうぼうをさすらったおかげで、イッサの髪は日に焼け、雨に打たれ、雪に凍てつき、ついには風にすっかり吹き飛ばされてしまっていたのだ。

劇の結末で、イッサ人形が恋人役の人形の首を掻き切って、ドラマチックな締めの文句がヤマクラの夢幻的な調子でもって読みあげられる。すかさず、人形は自身の胸に匕首を突き立てた。観客はみな、涙なみだである。

灯りがふたたび点され、観客の温かい拍手がしずまったあとで、デッパは芸者メラニーのほうを肩越しにちらっとのぞいてみた。彼女は微笑んでいて、真っ白に白粉が塗られた顔から、美しく並んだ黒い歯がこぼれていた。恐ろしくなって、デッパは目を逸らした。頭がくらくらした。

師匠とともにヤマクラ一家に別れを告げながら、デッパには、ピンクと白の鮮やかな桜の花柄のキモノに身をつつんだ女の、残酷なまでに完ぺきな姿をふたたび見る勇気はなかった。師匠のあとにぴったりとついて、振り返ることなくあたふたと戸口を出て行った。

12. 俳句日記

俳句を書きはじめるのなら、俳句日記というものを、初めてであっても、つける必要があるだろう。

最初の日記のタイトルをつけるのは簡単。表紙に、「第一の日記」と書けばよいのである。そして一冊目のページが俳句とその合間の走り書きで埋まってしまったなら、また新しい一冊を始めるといい。タイトルは「第二の日記」である。第三、第四……、と死ぬまでつづけていける。

俳句日記にどんな事柄を書くべきなのか、そのヒントとして、デッパの日記からの抜粋をお目にかけよう。

＊＊＊

水無月。一日。曇り。

イッサ先生に言われて、カガ公といっしょしてあばら屋の裏を観察。フキの葉に朝つゆが光るのを、みなで静かに眺める。聴こえる音はただひとつ、哀れげなモーという牛の鳴き声。

カガ公が、私はお目にかかったことがないスモモ太夫に捧げる最新の一句を披露される。カガ公は心底彼女に恋しておられるが、この一途さが反対に彼女の気を殺《そ》いでいるらしい。

イッサ先生はいつものとおり、いま少し努力が必要ですな、と公を励まされて、一句。

ばか猫や縛れながら恋を鳴く

tied to a tree / the foolish cat cries / for love

さいわい、先生の句をカガ公が理解されたようには見えなかったが、「ばか猫」とはつまりはカガ公のことで、見えない執着の縄で、彼が生きようが死のうが気にも留めない思いびとに縛られている、ということなのは、あまりにも明白だ。

＊＊＊

水無月。二日。雨。

朝から、イッサ先生、カガ公、それに私で、高原の草地を楽しく歩いてまわった。とつぜんの土砂降りに捕まった。あたりに雨よけになりそうなものがなくて、みなで駆けて大きな樫の木まで行き、そのしたで嵐が過ぎるのを待った。みすぼらしい一匹の犬が震えながら、私たちに加わった。

私の一句。

野良犬の蚤が住処となりにけり

the homeless dog / is home / to fleas

イッサ先生のしかめっ面。私も、カガ公同様、いま少し努力が必要なようだ。

「ムク」と名づけた犬はそのあと、あばら屋までついてきてしまった。

＊＊＊

三日。晴れ。

今朝は哀れを誘うものを見た。スズメが猫の口に咥《くわ》えられている。スズメは恐怖に満ちた目で助けを求めるように私のほうを見やった。しかし猫はそのまま茂った垣根のかげに滑り込んでいった。隠れ家でこっそりと拷問をつづける気なのだろう。

そこで一句。

魂もえて猫の咥《くは》へしすずめ哉

never more alive / sparrow in the cat's / mouth

先生に見ていただくのが待ちきれない。しかし最初にカガ公が新作を披露された。

老いらくの冬の焚つけ積むばかり

先生は「よし」の一言でもって賞賛される。正直に言って、うらやましいと思った。つづいて私がスズメの句を読むと、先生はただ悲しげに首を振った。句の内容が哀れだと思ったのか、それとも私の書きぶりがよほどひどかったのか、それともその両方なのか、私には分かりかねた。

＊＊＊

四日。晴れ。

ノジリ湖にて。イッサ先生に認められた一句を祝して、カガ公が村人みんなを花火大会でもてなしてくださった。公のお好きな色である緑と青が、何度も何度も夜空を明るく彩った。

イッサ先生はやまほどに句作されていたが、花火の発射音と歓声にかき消されてほとんど聴きとることができなかった。それでも、かろうじて完全に聴きとれたつぎの一句は、私の心に焼きついた。

どをんどんどんとしくじり花火哉

＊＊＊

水無月。五日。朝がたに、にわか雨。

カガ公が去られたので、先生を喜ばせたいとがぜんプレッシャーを感じる。句作して、先生に見ていただく。

亀がゐて後は石なべて亀に見え

after meeting the turtle / every rock / a suspect

——されども、イッサ先生は無言。

＊＊＊

六日。朝がたに雨。午後は晴れ。

町にて人形劇。

＊＊＊

七日。さわやかな一日。

イッサ先生に、私は恋に落ちてしまったかもしれません、でも彼女に近づく勇気がないのですと告げる。私もカガ公のように、「ばか猫」を演じる運命なのでしょうか、とたずねてみた。

先生はお話をひとつ聞かせてくださった。むかしむかし、裕福な男がいた。男は崩れそうで、悪臭さえただよう屋敷を持っていて、屋敷内にはサソリだとか毒ヘビだとかその類の生きものがエサの肉を求めて、座敷も廊下もかまわずぬたぬたと、うろつきまわっているのだった。

金持ちの三人の子どもは、この崩れかけの屋敷の危険のただなかでゲームをして遊んでいた。子どもたちは楽しい遊びに夢中になって、危険に囲まれていることも、黒煙がゆっくりと座敷を埋めていくのにさえも気づかなかった。そのうちに、屋敷はすっかり火につつまれてしまった。

金持ちは外から子どもたちに、命運つきた屋敷を捨てて逃げ出すようにと叫んだ。でも子どもたちは遊びにすっかり夢中になっていたので、「火事」だとか「危険」だとか「死」だとかいう言葉も耳に入らないのだ。

そこで、うまい仕掛けを考えた。彼は、玄関の外に新しいおもちゃがあると叫び、実際に、三種類の動物に引かせた三台のきらきらした乗り物を――ひとつは山羊、ひとつは鹿、もうひとつは牛に引かせて――用意した。

子どもたちはまんまと引っかかった。競うようにして外に飛び出してくると、その数秒後に屋敷が崩れ落ちた。子どもたちは喜々として、新しいおもちゃである乗り物に乗り込んだ。

先生のしてくれたお話はそれでおしまいだった。私はまだつづきがある、と思って待ったのだけれど。最後に先生に、そのお話と恋愛とどういう関係があるんですか？　と尋ねずにはおれなかった。

「すべて、さ」と先生はおっしゃった。

＊＊＊

水無月。八日。晴れ。

今日また彼女を見かけた。桜の花柄のキモノで、くるくるとお似合いの傘を回しながら、町を歩いていた。

私の屋敷は火事である。

＊＊＊

九日。晴れ。

昨夜は満月だった。イッサ先生に月を見つめるという課題を頂いた。

あばら屋の裏に座って、月見をした。先生は一度だけ、二分ほどだけ外に出てきて、また家のなかに戻っていった。先生のいびきのひどいことといったら！　一晩まるまるかかったけれど、ついに一句が浮かんだ。

名月や軽々しなふ枝の上に
not a burden / moon on the bent / branches

＊＊＊

十日。蒸し暑し。

イッサ先生が昨晩書いた句を見せてくれた。

名月や家より出て家に入
full moon... / going out / going back in

私の句も披露。いまだ先生の口から「よし」はもらえず！

13．白、黒、緑

村長はじぶんがひとりっきりで、霧の立ちこめた森のなかにいることに気づいた。さらに悪いことには、オオカミの鳴き声が四方八方から聴こえてきて、血の凍る思いがした。白く冷たい霧が膝までひたして、杉の根もとをヘビのように滑っている。赤い帯が太い木の幹に結び付けられているのが見えた。そうか、ここにある木はご神木なのだ。

「お守りくだされ、杉の神さま！」、そんな祈りも、血に狂ったオオカミがいっせいに吠える声でふっ飛んでしまった。あんまり近くから聴こえたものだから、村長は冷たい霧を渦巻く雲のように蹴りあげながら、めくらめっぽうに森を駆け抜けだしていた。

しばらくしてぴたりと足が止まった。まっすぐ前方の闇のなかに、赤い目が三組ぎらついて見え――三つの毛むくじゃらの、がっしりとした姿が見えた。吠え声は止み、いまや、太いうなり声の三重奏が響いていた。

村長は凍りついたように立ちすくんで、周りにそびえ立っている木の神さまたちに祈った。「お助けくだされ！」ささやき声で、もう一度頼んでみた。

何でこんな目に会うんだ？　何の因果だって言うんだ、このとつぜんの不運は？　村長の心は三千世界におけるこの災難の原因を求めてあばれ狂った。身体は金縛り、心臓は動悸を速め、額からは汗がふき出し、形而上的な問いは答えなく宙にただようばかり。

村長は、オオカミたちが剥き出した鋭い牙、濡れて逆立った毛皮に魅入られて目が離せなくなった。そのうち一匹は濡れた炭のように黒く、もう一匹はうす汚れた乳の白、三番目のやつは一番おかしなことに、きらきらした緑色をしていた。

「何でだ?!」、村長は叫んだ。

黒と白と緑の三色がいっせいの攻撃で狂ったように混じりあうなか、村長はふとした思いつきを実行してみた。両腕を頭のうえに高く伸ばして、冷淡な杉の木々の暗い枝葉を見上げて、それから死にもの狂いに空気を掻きはじめた。村長の身体が浮きあがる！　宙に舞いあがって、枝のあいだを抜けてさらに昇っていき、ついには星の輝く冷たい夜空へと逃げおおせた。したではオオカミたちが跳びあがったり、牙を剥いたりしている。

思ったとおりだ。まったく、こいつは夢じゃないか！

すっかりくつろいだ気分になって、村長はおっぱい型のおかしな山々のうえを優雅に遊泳して楽しんだ。景色は息をのむ素晴らしさだ。星だけが頭上に、山が足下に。どんどん高みへと泳いで昇っていくと、とつぜん雷が鳴りひびいた。雲なんかどこにもないのに、間違いなく雷が鳴っている。ドンドン、ドンドン、ドンドン！

目が覚めた。

「ちょいとお待ちを！」村長はわめき声で言った。玄関の戸をドンドン叩いているやつがいる。

どてらをひょいと羽織って、村長は至福の空中遊泳の夢を中断したやつのことを、誰さまであろうが心胆きわまるまで憎みながら、小声で悪態をついた。憎きやつばらに義憤をこめて説教してやろうと心に決めて、戸をバシリと乱暴に開け放った。

「いったい何用だい？」なじるように言った。

戸口に立っていたのは、三人の見知らぬ男たちだった。

14. 自然は止まるものにあらず

十五夜の月見が近づいてきた。自然について考えてみるには、ちょうどよい時候である。これから述べるレッスンを心に留めていただくなら、月見の晩にちょうど間に合うように、月の句が自作できるようになっているに違いない。イッサとデッパ、それにイッサを訪ねてきた三人の俳友が俳句を書くために湖に集まってくるだろうから、あなたもそれに加わって、句作を楽しむことだってできるだろう。

その気になったときのために、あなたの席を彼らの小舟の舳先に予約しておくことにしよう。

温かく重ね着をしてくるのがいいだろう。あの黒い底なしの湖に舟を出すと、雪をかぶった山頂から風がピュウと吹き降りてきて、骨が凍る思いをするだろうから。あなたが男性か女性か私には分からないので、ユニセックスな服装をおすすめしておく。頭を丸めて、坊さんか尼さんのかっこうをするといい。サフラン色の袈裟と厚手の上掛けにくるまれば、つるつるの頭を満月からの光で照らされながら、まったく違和感なく句会に参加できるだろう。本当のはなし。

イッサと俳句仲間たちは、体の内側からあったためてくれるか、まあ少なくとも、体の内側から温まったと信じこませてくれる酒をたらふく用意してくれるはずだ。ブッダの禁酒の教えはとりあえずわきに置いておこう。みんなあなたが、イッサと同じく、シンラン上人開祖の浄土真宗の坊さんだと考えるだろう。シンランによれば、救いを勝ち取るための計算ずくの行為――お祈りを朗々とうたいあげるだとか、虫を踏み殺さないだとか、酒と女には手を出すなとか――は結局、地獄のエンマ大王のまえにひとを導くだけである。欲を逃れんとする欲こそが、何よりもいちばん腐り切った欲望だ、とシンランは言い放っている。

だからシンラン派の坊さんか尼さんのかっこうをして、気のすむまで、肝臓がいかれてしまうまで呑みつづければよい。でも、ご注意。ニッポンの酒は思ったよりも強いのだ。それに舟いっぱいにあふれる月光で頭のいかれた俳人たち――じぶんの月の句に乾杯し、仲間の月の句に乾杯し（酔っぱらってくるもんだから、どんどんうまくなると思い込むのだ）、母親にそして父親に乾杯し、真夜中ちょうどに黒い湖水の深みから鼻面を水面に突き出して跳びあがるようにカルマで定められていた太った銀マスにまで乾杯する。すべてはご想像のとおり。ハメを外すというやつだ。まあ、気楽に構えていこう。

もし俳句をつくる気にならないのなら、無理にとは言わない。俳人仲間におもねる必要なんてさらさらない。揺れがひどい舟のうえに同乗したメンツがつぎからつぎへと心を奪うような句を吐き出したとしても、同じことをあなたがしなければならない、なんてことはないのだ。

でも一句ひねってみようかと、それを書き留めてもみようかな、という気分になったときには、つぎのことに留意すべし。自然は止まるものにあらず。

イッサたちの言語、ニホン語では、英語のネイチャーに当たる言葉は自然、つまり「自ずから然り」である。イッサが、

門口や自然生なる松の春

at my gate / spontaneously sprouting / spring pine

と書くとき、彼を驚嘆させているのは、松の新木が黒々とした春の泥からするする伸び出

てゆくその自然さ、無理のなさなのである。例えば神さまだというような、外部からこの木の急な成長を計画したりする存在はないのである。何ものかがそうさせるということはないのだ。自然に、自ずから、無理なくそうなるのであり、単にそうなる、というだけのことなのだ。

よって、まさに月見をして俳句を書く段には、じぶん自身も含めてすべてのものが、その場の風景の一部なのだと心得ておくがよいだろう。外側に立ってその風景を作り出そうとするものなど存在し得ないのだ。

だいたいはつかめただろうか?

もし頭がこんがらがってきたようなら、ゆっくり腰を落ちつけて、温かい上掛けを肩からしっかりとかぶり、口をつぐんで、舟遊びを楽しんでいればいい。みんなはあなたが瞑想しているだろうと思ってくれるだろう。ちょうど坊さんや尼さんのふりをしているのだからぴったりだ。よい仏教者だと思って、放っておいてくれる。この夜にはデッパだって、師匠と、それに都から来た高名な俳人たちに気圧されて、自作の句を口に出す勇気はないのだし。それにこの若き俳人は、桜の花柄のキモノを着たあの素敵な芸者——その手つき、目、唇——のことで頭がいっぱいなのだ。

山間に輝く湖の真んなかで風に打たれる水のように、デッパの心は千々に乱れている。落ちついて、名月や舟、水や俳人たち、それにあなたのことなどを考えている余裕はないのだ。対して、風景はそれ自身で満たされており、何も欠けてはいない——外側でそれをつくりだしているものなど何もないのだ。

15. 名月に乾杯！

乱暴にたたき起こしてくれたやつばらをどやしつけようと、どてらを着て玄関までのしのしと歩いていくあいだに準備してきたののしりの言葉を、村長はすっかり忘れてしまった。そこには三人の見知らぬ男たちが立っていて、青竹の杖に寄りかかっているさまは、まったく夢のなかの三匹のオオカミさながらだったからだ。

ひとりは喪服みたいに黒ずくめ、もうひとりは白装束で、三番目の男ときたら頭からつま先までなんと鮮やかな緑色ときた！

「お早うございます！」村長が絶句したままのその沈黙を、緑の男が破った。「わしはミドといいます。まあ、実のところは、こりゃ俳号なんですがな――」

「俳号？」緑の袈裟の男が答えるまえに、村長がひと息につづけていった。「じゃあ、あんたがたは俳句づくりだね。われらが村の俳人イッサを訪ねてきなすったわけか。丘をのぼるあの道が見えるかい？　まっすぐのぼる。迷いようがないさ。じゃ、ご機嫌よう！」で、村長は戸をバタンと閉めた。

村長の心臓はまだドキドキと大きな音を立てていた。窓から外をのぞき見て、三色の客たちが肩をすくめてから、「あばら屋」への道を杖をカタカタ鳴らしてのぼっていくのを見張っていた。

三人は松の影が落ちている丘のてっぺんにたどり着くと、イッサに温かく出迎えられた。イッサは彼らをひとりずつ、デッパに紹介していった。三人の名前は、クロ（黒）、シロ（白）、ミド（緑の「り」をちょん切った名だ）。都の俳人のあいだでは、色を使った俳号をつけ、その色の衣装を身にまとうのが流行ったことがあったんだ、とイッサは説明した。

「先生」とデッパはたずねた。「私も色を選ぶべきでありましょうか？」

「都会の馬のくそをひっかぶるんじゃないよ」イッサは笑いだし、他の三人――クロ、シロ、ミド――もみな笑いだした。三人ともに、身も心も、都会の馬のくそをひっかぶっていたわけだ。

イッサがふと気づいて言った。「ちょうど十五夜に間に合ったね」

「もちろんそれを目指してきましたからね、イッサ先生」とクロ。

「そのとおり、逃すわけにはいきませんや」とミドが大声をあげる。

シロは口を開かないままに、嬉しそうにうなずいた。

イッサは客たちを、シラミだらけではあるけれど心地よい布団で昼寝できるよう小屋に招き入れた。今夜に迫った十五夜の宴に向けて、しっかり休んでおかないといけない。旅の疲れのせいで、三人は床につくとすぐに眠ってしまった。イッサとデッパも昼寝のために寝っ転がった。あばら屋はすぐに、昼寝のいびきと寝息とで充満した。

ひとり、デッパだけは興奮して頭をくらくらさせ、桜の花柄の芸者への思いに焼け焦げんばかりになりながら目を覚ましていた。

16. クロからデッパへ、句作についての助言

十五夜の宴のあとの数週間、デッパは、クロのあとを金魚のフンのように追いかけて過ごした。黒衣の詩人はその色にぴったりの人物で、物ごとの暗い側にしじゅう心を傾けていた。死だとか喪失、絶望だとか悲しみが、つねなる関心事なのだ。デッパは最近、人生のふたつの難問、愛と俳句の謎を解くのに失敗して痛い目にあっていることもあって、クロの陰気なものの見かたに惹かれてしまったのだ。暗い時期に暗い思索、というのは筋が通っている。

クロのほうでも、初心者を相手に師匠としてふるまうことのできるこの機会を逃さなかった。イッサが弟子に文学的助言をいまだ一言もはっきりとは与えていないのとは大違いで、クロは句作についてするべきこと、してはならないことを、もったいぶりつつも延々と話しつづけるのだった。デッパの俳句を添削してやったりもした。

名月や死にたる猫の目のうちに

この初案ではあんまり楽天的にすぎる、人生を猫の輝く目で暗示しているから、とクロは言って、気に入らない楽観主義を削り、つぎのように改作してしまった。

死に猫の目に月もなき暗さ哉

no moonlight there— / dead cat's / eyes

＊＊＊

人生とはそも悲劇であるぞ、デッパ。何をつかもうと試みても、失敗すること必定なのじゃ。分かるかな、わしの言っとることが?

例えば、おぬしがあこがれておる芸者じゃ。近づくのが恐いんじゃろう? 拒絶されるのが恐ろしくての。恐れずに、告白しに行きなさい、拒絶されに行くんじゃ。わしの言うことに間違いない、おぬしは彼女なしで立派にやっていけるじゃろ。いい厄介ばらいじゃ。なぜか、とな? 女を失うはそも必定じゃからの、初めのはじめ、おぬしが女に目をとめた瞬間から決まっていたこと、避けられん話じゃ。起こることは何日経とうが、何カ月経とうが、五年かかろうが、結局は起こらなけりゃならんのじゃからの。じゃが、手に入れるまえに失うのがいちばん幸せなことだ。そうなれば、嫌なことをすっぱりと、しかも手ばやに処理できるというもんじゃ！

ここまでは分かったかな？　これはわれらが文芸、俳句の鍵でもあるんじゃぞ、若き友よ、すべては無常、過ぎ去るものだ、というこのことがの。

じゃから、何ものも、誰であっても愛さぬがよい。イッサ先生さえ愛さぬがよいぞ。先生に執着せぬことじゃ。また父母にも、人生で出会う友人とやらにもな。もちろん、わしなんぞにもじゃ！　なぜ、とな？　われらが無へと消え失せること必定の朝つゆにすぎんからじゃ！　分かるかな？

つゆの世界のつゆじゃ、デッパよ、こう話しているあいだにも、わしらは忘却のなかにほどけていくではないか。

では、なぜ書くのか、とな？　そうせずにはおれんからじゃ！　句がいつまでも残るとか、いつか何かの役に立つとか、そういうことではない。詩が何かを成し遂げるなどということを信じてはならんぞ。つまりじゃな、おぬしは句作して、何をしようと思うとるのか、ということじゃ。世を救う？　名声と栄誉を勝ちとる？　財産？　世は破滅に向かっておるよ、おぬしが何をしようが、何を書こうがの。名声とはそも、いったい何じゃ？　おのれの名前を広めるだとかいって勘違いしとる馬鹿ものどもがやまほどおるがの。それでどうじゃ、何世代か、もっとひどい馬鹿もんが本なぞ書いて、おぬしの名を「不朽」のものとしたとしよう。それからどうじゃ、もっとあとの何世代か、もっともっとひどい馬鹿もんどもが、おぬしには興味なしといって、すっかり忘れられるのがオチじゃ。

おぬしが忘れられるのはそも必定ぞよ。もっとも、心やすらぐことには、そもそも最初からおぬしなどは知られておらんのじゃがの！

わしらは消え失せていく朝つゆの玉の、そのまたなかの消えていく染《し》みにすぎんよ。わしらが何か語ったといって、何の重みがあろうものかよ。

それでもじゃ、わしらは災厄を記して、悲劇の証言者にならねばならん。例えば、猫の死骸じゃ。死んだ目をした猫の死骸が、そこらじゅうにあるのじゃ！

猫はもともとみな死体なのじゃよ、それをまだ知らんだけじゃ？　分かるかの？

されば、デッパよ、汝がなすべきことをなせ。はっきりと見ることを学べ。愛なぞは乗り越えることじゃ。考えを曇らせるからの。

分かったかな？

＊＊＊

その年の秋のデッパにとっては、クロの発する言葉のいちいちが身に沁みた。実際、身につまされすぎたせいで、陰気でおしゃべりな黒衣の俳人のおかげをもって、愛と俳句の謎についてながながと探し求めてきた回答に、ついにたどり着いたと信じはじめていた。

その冬初めて雪が積もった朝、とくに機嫌のよさそうなイッサに、デッパはクロがこの数週間のうちに授けてくれた知恵のいちばんのところを要約して伝えた。デッパは解説のしめくくりに主張した。「愛は考えを曇らせるものなり、です！」

イッサは、手のひらを広げてやわらかく舞いおりる雪をつかまえながら首を振って、おだやかな笑い声をあげた。「まったく、あのクロのやつは！」

17. 名月の夜のあなた

近ごろ私は個人的な悲しみにすっかりひたって、ディクシー・ビールに涙を混ぜながら、クロの語る気のめいる言葉ひとつひとつに哀れにも賛同し、ロマンスで希望をなくした不幸なデッパに心底から同情していた。そのせいで、十五夜の月見の宴を、あなたがどんなふうに過ごしたかを尋ねるのをすっかり失念していた。

うまい月の句をひねれただろうか？　頭を月光で輝かせ、舟の舳先で上掛けにくるまって、立派な詩人たちに溶け込むことができただろうか？　酒についての私の警告は、お役に立っただろうか？

あの戦場のごとき状況下で月の句をつくることができたのだとしたら、まったく感嘆に値するところだ。あの夜の舟のうえ、どなり声とささやき声がとり混ざった不協和音のなか、初のホームラン級の俳句を打ち出すことができたというのなら、いささか驚きだけれども、とりあえずは祝福しておきたいと思う。

クロの声は、月と湖とその他もろもろすべてのはかなさを、ひっきりなしに講釈しつづけていた。

ミドのざらざらしたしゃがれ声は、旅籠で学んだ色っぽい唄を、知っているかぎりすべてうたいつづけた。また、そうしながらもこの俳人は、みなの酒盃がいつも、あなたの盃も含めて、あふれんばかりになみなみと満たされているようにと、入念な心くばりを忘れなかった。

デッパの聴こえないくらいの小声は、報いられぬ愛の痛みについての泣き言を延々とたれ流していた。

イッサの声は小声と大声のあいだを行ったり来たりした。ほとんどは小声だったけれども、時おりスイッチが入ったように大声になって、月の句を吐き出し、それを日記に書きとめていた。例えば、つぎの俳句。ミドがしたこと、いやむしろ、やろうとしたことを描いた一句である。

船頭よ小便無用浪の月

hey boatman / no pissing on the moon / in the waves!

おつぎは、詩人たちの乗り込んだこのひどい揺れの一艘のうえで、いちばん喧しい小声を持つ人物について書いておこう。シロのことだ。白装束の詩人は、沈黙を芸術の一形式にまで高めることに成功していた。クロがデッパに説明したところでは、言葉は俳句をだいなしにしてしまう、というのがシロの信念だそうだ。純粋なる詩というものは、「ぴんと」なる言葉の外の直感、言葉が決してとらえることができない非言語的完全性のひらめきとしてのみ存在しうる、というのである。この信念に従って、シロは何年もまえから、句を口に出すのを止めてしまって、沈黙の俳句の実践にすっかり落ち着いてしまっていた。つまり、寝ても覚めても、沈黙をひたすら守りつづけていたというわけだ。

　シロの沈黙の俳句についてうさんくさいと思われるかたもおられるだろうが、不思議なことに、シロが一句を生みだすたびに、舟のうえの者らは、あなたも含めて、そのことをはっきりと知ることができたのである。詩人の顔はやわらぎ、視線は心のうちを見つめているがごときになる。みなが彼をじっと見つめ、待って、待って、待ちつづけていると——じきに、内面を向いていた目がほんのちょっぴりだけ開かれる。微笑んだあと、ため息がふかぶかと漏れる。

「よい句だね、シロ！」とくべつに強烈だった「ぴんと」のあとで、イッサは感嘆の声をあげた。

「佳句に乾杯！」ミドが酔っ払った声で言って、酒をみんなの盃にそそぎ入れた。

あなたはとりわけ、このシロの無言の芸術に感銘を受けたのだった。シロの目が、詩の「ぴんと」の始まりを伝えるたびに、そのおだやかに月に照らされた顔から目が離せなくなった。あなたは懐かしのマルクス兄弟の映画のなかの、ハーポ・マルクスが竪琴を弾く場面を連想した。そんな幕間の場面で、ハーポの顔は謎にみちた静けさに輝いていた。周りで起こっているてんやわんやがどんどんハメを外していくなかで、ハーポは竪琴を奏でながら精神の輝きで満たされていた。シロもまるっきりそのとおりだな、とあなたは思った。

いまお読みいただいているこの本のなかに、シロの沈黙の俳句を引用するのは簡単でもあり、また不可能でもある。

簡単だというのは、このようにすればよいからである。

・・・・・・・・・・

…／…／…

だが不可能でもある、というのは、読者が紙上の空白をいくら眺めたとしても、月光の照らすさざ波の湖上で、シロが味わっていたあの詩的な「ぴんと」を、心に浮かべることができるとは限らないからだ。それでもひるがえって考えてみれば、翻訳とはつねにオリジナルから何かを失っているのだし、私に言わせれば、右のもので実際充分ではないかという気もするのだ。

ちょうど真夜中にミドが、シロのその夕べで最高の句に乾杯の声をあげようとすると、大きなマスがきらきら光りながら六尺あまりも跳びあがり、二度身体をねじったあとで、バシャンと水音を立てて消えた。

「何てこった!」ミドはひゃひゃと笑って言った。

イッサは喜びで、おお、と声をあげた。デッパはといえば、考えの分かりやすい顔がいままでの愛の苦悩に満ちた表情から、まったくの驚嘆の面持ちに切り替わっていた。

陰気なクロだけが、喜びに身をまかせることがなかった。「あの魚、まったくこの世のくだらなさの粋じゃな! われらもまた、無から光のなかに跳び出てはみたものの、ムダに身をよじるのみ、で——何とはかなきかな!——また無へと落ちていくのじゃ!」

そして、私があなたに尋ねてみたいのは、辺りできらめく月光のなかマスが身体をひらめかせるさまを、あなた自身はどう思ったのだろう？　ということだ。

あなたがどう感じたか、そもそも何かを感じたかどうかも、私には分からないのだ。なぜなら、私はこれらの言葉を、ブッダが述べるがままに書きとめたにすぎないのだから。この原稿を出すために出版社を探すことさえもじぶんが考えていないのに気づくのは、まったく憂うつなのであるが。だから、このまとまりのない文章をワープロに打ち込んで、改稿をほどこして、校正刷りを経て、大量に印刷され、世界の書店に流通して、ついには迷うことなくあなたの手もとに、あなたが誰であれ届く、などということからは、まだはるか、はるか彼方にあるのである。あなたはいまのところは、イッサたちの舟の暗い舳先に座って上掛けに身を包んだ、禿げ頭の、男性だか女性だか知れぬ異人なのである。

18. ミドからデッパへ、句作についての助言

イッサを訪ねてきた俳句仲間たちは、新年明けまでカシワバラのあばら屋に逗留することになった。クロはエドにとって帰りたくて仕方がないようだったし、シロはこの件につ

いてももちろん無言をつらぬいたのだったが、ミドは年忘れの宴のあとまでここにいようとふたりを説得してしまった。ミドは祝宴に目がないのだ。伝統の年末のどんちゃん騒ぎでは、酒が他の夜宴とくらべてもケタ違いにたれ流されるのだから、アル中のミドとしてはこれを逃すわけにはいかないのである。

雪が深くなってきた。俳人たちも屋内で過ごすことが多くなり、イッサのあばら屋の囲炉裏であかあかと燃えている炭の周りに身を寄せ合っていた。ミドは求められてもいないのに、デッパに句作の助言をする役まわりを買って出た。たぶん、クロに嫉妬した、というところだろう。デッパはヒルが脚に吸いつくみたいにクロの言葉ひとつひとつに跳びついていたものだから。それともミドはただ退屈していて、雪に閉じ込められてしまった最後の数日数晩の気晴らしに、デッパを利用しただけなのかもしれない。真相はどうあれ、クロの陰気な哲学やシロの「ぴんと」に満ちた沈黙と同じように、ミドも詩について強烈で、個性的な意見を持っていた。

＊＊＊

デッパよう、俳人になるには、じぶんの心から抜け出すことができにゃならんぞ！　飲むのはまあこのための一法ってとこだ。まあ聞けよ、デッパ、他にもいっぱい手段はある。だがなあ、熱燗を夜明けまで傾けて、俳句仲間と句をどなり声で交換しあって、鼻歌をうたうってのは——まあ、分かんだろ、またかくべつってやつさ！

なんでじぶんの心から抜け出さにゃならんか、って？　ちょいと言いかたを変えてみるかな。なんで心のなかに、まあ言うなれば、正しき心のなかにじぶんを閉じ込めなけりゃならんのだ？　正しき心にいったい何ができるってんだい？　幸福？　愛？　完ぺきな俳句？　そうじゃねえなあ。デッパよう、じぶん自身こそがじぶんが抱えている問題のまさしく根っこかもしれねえって、そう考えたことはないか？　もっと厳密に言うとだな、おまえのいわゆる正しき心ってやつが、そもそもの問題じゃないかとさ。

この心っていうちっぽけなお殿さまが成し遂げることなんて、まったく大したことないもんなのさ。ああ、そのとおり、計画を立てたり、寸法はかったりで、釘トントンして、階段、お堂、お城だって何階建てにもして建てたりもするんだろうがさ、だがな、正しき心なんてもんが、天地かいびゃく以来、芸術を生んだことがあるもんかよ？　ねえよな！

それが全速力で走る馬の背から飛び過ぎる鳥に、矢を狂いなくピュウと飛ばしたりするもんかよ？

そうは思えねえな！

正しき心がこの世で起こりうることの可能性をすべて計算し尽したんだとしても、混乱こそが必然、必然こそが混乱って、このまことの真理を叫ぶような水墨画を描いた、なんてことがあると思うか？

ないと思うね！

この正しき心ってやつはそれじゃあ、満月のしたで口に出せば、舌がその美味さでしびれんばかりになるような一句を生んだことがあるって言うのかね？

そんなわけないわな！

デッパよう、じぶんの心んなかから出なくちゃならんのよ！　そこに留まって、せせっこましくて、けち臭い正しさなんてもんに閉じこもってちゃあ、おまえの生の声、本当の声、おまえ自身の声を解き放つことなんかできはせんぞ。そいつは生まれてからずっと、「気の毒でかわいそうなデッパ」を気どっていた、臆病でにせもののペテン師を超えたところにあるんだからな。

俳句ってのは、階段だとかお堂とかみたいに一歩一歩手順を踏んだらできるってもんじゃあないぞ、デッパ。

チョウチョが組み立てられたりするか？　カエルが設計されるってのか？　どこかの野蛮人が信じてるみたいに、先祖がたてまつってた神さまが、このあばら屋のまえの黒松を設計したとでも？

ばっかばかしい！

外から風景をこしらえているものなんか、デッパよう、何もないんだぞ。

設計するってのは、風景の外にじぶんがいるようなふりをするだけのこった。俳句の外で、俳句を「つくる」ふりをするっていうかな。イッサ先生が俳句を「つくる」と思うか？　とんでもないね！

先生はすっかり、まったく心の外に出ておられるんだよ。そんでそこで——じぶんの外で、だ——俳句はただ「起こる」もんなんだよ。

明日の晩、年忘れの宴でしっかり見ておくがいいよ。おれにへばりついて、おれの真似をしてみな——まあ信じてみろよ——おまえもじぶんの心からすっかり抜け出して、運が良ければ、もうもとには戻れんようになるだろうさ。

そうすりゃあ、デッパよう、おまえも立派な俳人さ、好きっ嫌い関係なしにな！

19. ネズミなど、小さなものたち

われらが俳人たちは、歳末のうす暗くて短い一日一日を、雪にすっかり囲まれたあばら屋で過ごした。辺りの屋根には、雪がますます堆《うずたか》く降り積もっていく。きらきら光る雪の結晶は窓にへばりつき、壁のすき間からなかに吹き込んできた。そのせいで、毎朝、俳人たちがひとりひとり起き出してまずすることといえば、かぶっていた毛布をふるって、部屋のなかに吹雪を巻き起こすことだった。

夜には山颪《やまおろし》がうなりを上げて吹きおろしてくるものだから、イッサはいつもは玄関先で寝ている飼い犬のムクを家のなかに入れてやっていた。ムクはイッサの太くて節くれだった足のそばに寝そべって、ぱちぱち爆ぜている火のそばで、もつれた茶色の毛糸玉みたいに丸まっていた。

もしムクが人間だったなら、この素晴らしき時間を満喫しながら、「過去世でどんないいことをしたんで、おれはいま、こんなに幸福なんだろう？　食べものはたっぷりもらえるし、頭のうえには屋根があって、まったくこの炭火の心地よさときたら！　それに、イッサ先生のわきにひかえることができるなんて！」と言ったことだろう。

もちろん、ムクは人間ではなくて、犬としてつねなる現在に生きているから、そんな意味のない思索にふけったりはしない。犬らしい感謝を表すふかいため息ひとつが、ムクの最大限の哲理として示されただけだった。

いっぽう私は人間である。つまり、私の心は現在に留まっていることができない。例えばいまがまさにそうだ。私の心は四方八方にいっぺんに駆け出していって、右手に持った青ボールペンをページのうえに絶えず走らせている。ブッダのご加護があるので、これから何を書こうかと思い悩むこともないのだ！

ブッダよ、深甚に感謝いたします、これらの軽い、いとも軽い言葉を、私に口述筆記させたまい、人間の特権である四方八方にいっぺんに心を走らせることをなさせたまうがゆえに。アーメン。

私の心は一方では、犬のムクが過去世でのどんな良い行いをカルマとして、イッサのルームメイトという現在のけっこうな位置を勝ちとったものだろうかと考えている。

またもう一方では、今年のクリスマスはオマハの実家まで、バスか、電車か、それともレンタカーで行ったものかな、もう十二月十四日だし、安い航空便のチケットはもう残ってないだろうな、と考えている。

またべつの、第三の方向では、いっしょにいてくれる女性がいない今年のクリスマスには、飾りつけや照明を見るたびに、フィアンセだったナターシャと両親に会いに北へと向かった去年のこと、それがふたりの最初で最後のクリスマス休暇になったことが思い出されて、ひどく落ち込むんだろうな、と思いなやんでいる。

さらに四番目の方向では、このあてどもない文章はじつはまったくのクズなのではあるまいか、と思ったりしている。この方向にはいつもクロが立っていてしきりに手招きするので、しじゅう心配をかき立てられているわけだ。

さて五番目の方向では、今日は書くのを延期にしてもいいだろうに、と考えはじめている。午後の残りはバーボン通りにくり出して、「三人でお一人さま料金」時間帯のカラオケ・バーで、きょろきょろ目を見回している旅行者だとか、口吻にビールの泡が混じるフットボール・ファンだとかといっしょに酒をかっくらって過ごそうじゃないか。こちらの方角にはもちろん先回りしたミドが待っていて、そのせいだかどうだか、この方向の引力がいつもいちばん強いのである。

第六の方向では、わが心は、こんなに脇道にそれてばかりいると、創作グループのみんなには文句を言われるだろうな、と気に病みはじめている。

さらにべつの、第七の方面では、この文章のあらゆる部分を埋め尽しているおしゃべり、おしゃべり、またおしゃべりにうんざり気味である。こちらの意識の方角にはシロが腰を落ち着けていて、この騒音をどうしたら止めることができるものかと思案している。

最終の第八の方角には、行儀のよい憤りをかかえて沸騰しているデッパがいて、信じるべき答えを求めつづけている。

イッサはいくつも、数えきれないほどの回答を与えてきた。しかしみな間接的で、ひと息で書かれた俳句風のなぞなぞになっているので、デッパはいまだにそれを解けないでいるのだ。若き田舎詩人には明々白々たる答えはひとつも与えられず、彼にとっては、師匠のこぢんまりとした掘っ建て小屋をゆっくりと埋めつくしていく雪のように、謎また謎が積みあげられていくばかりだった。

あばら屋の温かい居間の客は、俳人たちやムクだけではなかった。すばしっこい茶色のネズミの一家が、松材の壁のすきまから入り込んでいた。夜になると、シロ、ミド、クロ、それにイッサが、熾火《おきび》の残る囲炉裏をかこんで布団を引っかぶり、ギイギイといびきをかいている。ムクは、イッサの毛布に包まれた大きな足のそばで、猫を追いかける夢を見ている。さてデッパはというと——眠れずにいたのである。農閑期に父親から、イッサ先生の家で暮らすための許可をとったことをいまでは後悔しつつ、俳句芸術への献身がゆるんだわけではないことを示しつつ、この状況から逃れるうまい手立てがないことに思い悩んでいた。俳人たちのひどいいびきや、夢うつつで吠え立てる犬にやっと慣れたと思ったら、今度はちっちゃな騒音のせいで眠れなくなるのだった。カリ、カリ、カリという、小さな歯が立てる音。カタ、カタカタ、と走る足音。デッパはしきりに寝返りを打った。

大晦日の朝があけようとするころ、ネズミたちのなかでもとりわけ騒々しい一匹が、朝一番の青い光に照らされた床のうえをトットと走っていく。デッパはついにいらいらを爆発させた。狂ったように跳びあがって、茶色いかたまりに向け足を踏みおろした。ドン、ドドン。でも逃がしてしまった。

イッサは囲炉裏に吊るした鍋でタニシ汁を温めていたが、デッパの地団太を見て、たちどころに一句を生みだした。

足で追ふ鼠が笑ふ夜寒哉

a cold night / the mouse escapes / laughing

これがそのまま大晦日の稽古のテーマになった。小さなものたちの大切さ。デッパが現在かかえている困難の一因は、幼少期に受けた教育にある。実利的で、ど貧民の両親からは、「止まる、見る、聴く」ことなど習う機会がなかったのだ。育てられる過程で、わざわざ立ち止まって、じっくり見て、耳を傾ける価値があるものについて、両親に誤った見解を、骨の髄までたたき込まれていた。実際、デッパの両親、兄弟、幼なじみ、教師に至るまで――つまるところは、村社会全体が――何が重要で、何がそうでないかについて、デッパに（また、その点では他の村人たちにとっても同様だったが）誤った考えを教え込む、暗黙の陰謀に加担していたのである。

そうわけで、デッパが踏み殺すべきやっかいな害獣のみを見るところに、イッサは詩の真のテーマを見いだすということが起こるのである。イッサの目に映るのは、一個の欠けるものもない風景なのであって、その外側にそれを「つくる」ものなど何も存在しないのだ。イッサは、足を踏み鳴らすデッパとすばしっこいネズミを見て、同時に、辺りのしびれるように凍てついた宇宙を感じとり、あざけるような鳴き声を聞く。そして、俳句による目覚しいまでに高められた意識でもって、これらすべてをひと息に捉まえてしまったのだ。

20. 年忘れ

年忘れの宴の夜、デッパはミドの助言に従ってみたものの、じぶんの正しき心からは、いっかな外に出ることができなかった。あったためた酒を三杯飲み干してしまうと、抗しがたい眠気の波がつぎつぎに襲ってきた。ミドが書きもの机に身をのり出して、若き詩人に四杯目を注ごうとしたとき、デッパはまえにバタンと倒れ、腕を枕につっぷして、心地よい眠りのなかに入っていってしまった。

ネズミたちのちっちゃな行ったり来たりの足音に、幾晩も寝がえりをうちながら過ごしたあとでようやく、デッパは眠りに落ちることができたのだった。この眠りは、その夜とつぎの日の昼のほとんどを通してつづくことになる。元日の午後も遅くなってから、デッパはまったくの別人となって目を覚ますことになるのだ。

「そうじゃ、眠れよ、少年」、クロは言いながら布団を掛けてやった。「つかの間の快楽をむさぼるがいいぞ、デッパよ。それもまた、ブッダが見ているくだらないこの宇宙という夢のなかの、さらにまた夢にすぎんのだがの」

「おまえの眠りに乾杯！」ミドは感激の声をあげた。「ブッダの夢と、そのなかのくだらんものらすべてに！」

「乾杯！」起きている四人は声を合わせて叫び、アルコールに目をかすませながら、サムライ風に盃をぶつけ合った。

「ムク犬に乾杯！」イッサは盃を掲げた。そうして今度は、ブッダが見ている茶色のムク犬の夢を祝して、みなが酒を飲み干した。

イッサが即座に一句を作した。

御仲間に犬も坐とるや年わすれ

even the dog tonight / forgetting / the year

明けがた近くまで、四つの口からは、いっせいに注ぎ込まれる温かい酒に景気づけられて、歳末のあいさつがくりかえされた。シロが最後の、感傷的で、しんみりとした乾杯の音頭をとるころには、みなの目が涙でかすんできた。なぜなら、夜が明けてしまうと、三人の弟子と、彼らが敬愛する師匠はまた離ればなれになってしまうからだ。

全員で不安定な足どりで裏口までふらついていくと、外壁は貼りついたぶ厚い氷でてかてかと光っていた。イッサはその夜の、そしてその年の最後の小便のために、ガタガタする裏の戸を開け放ったが、便所までたどり着くにはとにかく寒かったし、雪が深すぎた。そのときのブッダの夢は、したには白く輝きはじめた雪を、うえにはまだきらめいている星々を配して、静かに凍てついている宇宙であった。戸口にできた雪の壁に向かって、おのおのが今年最後の一句を、小便で書いてみようということになった。

イッサが先陣をきったが、

天の川………

Heaven's River / of stars …

と、句のとちゅうであっさりと燃料ぎれになった。ついでは、クロの一句だが、これもまた、

薄氷の割るる………
Breaking through ice…

と、これまた途中で終わってしまった。シロの「ぴんと」はやはりいつもどおり、シロの基準で言えばだけれども、めでたく完成した。雪にふかぶかと書き出された一句は、

・・・・・・・・
…／…／…

最後に、インクを膀胱にじゅうぶんに貯め込んでいたミドが、ちょうどぴったりの液量で一句をみごと完成させた。

いざさらば雪へ尿にて残す文

farewell! farewell! / pissed / in a bank of snow

雪上の書道を終えると、四人の俳人は温かい居間に戻ってきて、今年最後の眠りをとろうと布団にくるまり、夢の世界へと入っていった。

ちょうどそのころ、雪と氷を頂く皺しわの山脈を越え、東へとずっと行ったところにある将軍さまの都では、固くて白いいつわりの仮面をかぶったスモモ太夫が部屋から部屋へと、血のように赤いキモノを着て、はだしで滑るがごとくに歩きつづけていた。空っぽの部屋からまた空っぽの部屋、さらに空っぽの奥の間へと、亡霊のように彼女は滑っていく。

カシワバラ村の雪をこんもりかぶったあばら屋では、寝息といびきと、夢のなかの猫への貧弱な吠え声の夜ごとのコーラスがまた始まって、その大騒音のあいまにすばしっこいちっちゃな足音がカタカタと鳴った。囲炉裏の炭はあざやかなオレンジに染まって、愉快そうに、爆ぜる音を立てた。

そして、年は忘れられた。

第二部

21. デッパの目覚め

眠りでかたく糊付けされていたデッパの目ぶたが、ついに、元日のはかなく消え入りそうな光へとゆっくりこじ開けられた。あばら屋は空っぽで、しんと静まりかえっていた。聞こえてくるのは、区切りの壁の向こう側でせかせかと忙しなく歩きまわる音と、押し殺したような声だけだ。サツ婆さんのとんがった「うにゃにゃにゃあ」調の言葉がデッパの耳に入った。息子のセンロクに小言を言って困らせているのだ。デッパはハアとため息をついた。

こぢんまりした農家のイッサが住んでいる側には、動いているものはネズミ一匹とてなかった。ネズミ一家は壁のなかの居心地のよい部屋で、身を寄せ合って眠っているのだ。

十五時間ものあいだ枕として使っていた書きもの机のうえに、デッパは俳句を一句見つけた。イッサ先生の見間違えようのない染《し》みのようなごにょごにょした筆跡で、和紙の切れっぱしに殴り書きされていた。

ともかくもあなた任せのとしの暮
trusting in Buddha / the year / ends

凍てつくように寒い家の裏手へと、デッパは生理的な急ぎの用を足しに向かった。緊急事態だ。裏の戸を押し開けたときには本年の初仕事が、すでに押し留めようもなく開始されようとしていた。

湧き出てくるものの狙いを戸のそばの雪の壁へ定めようとして、デッパは驚いた。ミド、シロ、クロと、イッサ先生の小便で書かれた句、書きかけの句が目に入ったのだ。デッパの顔に笑みが浮かんだ。ブッダの広大に凍りついた曇り空の夢につつまれて立ちながら、すっかり心がやわらぎ、満ち足りた気分になった。ふと気づけば、雪のうえにあった書きかけの句を完成させてしまっていた。

クロの未完の句、

薄氷の割るる………

に、デッパはつぎのように書き足した。

薄氷の割るるひびきの厠かな

Breaking through ice / crack! / in the outhouse

それからイッサ先生の書きかけの句、

天の川………

には、つぎのように書き足した。

天の川流るる椀の汁すする

Heaven's River / of stars / in my soup

あくびして身をのばしてブルブルっと身を震い、白い息を雲のように吐いて、デッパは家のなかへと戻ろうと向きを変えた。そのときふと気づいた。デッパの読みやすい顔が――そこに誰かが居合わせたならば間違いなく気づいただろうに！――一点の曇りもない喜びに輝いた。計画したわけでも、予期したわけでもないのに、デッパはその年の元日に、新たな人間として生まれ変わったのである。

彼は俳人となったのだ！

22. ともかくもあなた任せ

デッパに訪れた俳句への真の目覚めは、すべての啓示がそうであるように、彼自身をも驚かせるものだった。書いている私だって、デッパが急に詩人として飛躍をとげたものでびっくりしてしまった。私ときたら、イッサが若き弟子にまだまだたっぷりと指導をほどこしたあとでしか、こんなことは起こらんだろうとタカをくくっていた。デッパが真の詩人へとついに脱皮するなんてことは、もしそれが起きるのだとしても、もう何十章かが過ぎたあとだろうと思い込んでいたのだ。だが予想もしなかったこの物ごとの成りゆきで、あの世からブッダが書き取るように命じてくるこの文章は先読みなど許さないものなのだ、と思い知らされたのだった。たとえ、わが家の台所のテーブルでゆっくりと嵩をまし、富士山のようになった紙のうえに、ぞんざいな青のボールペンで書き殴られたものであっても。ただの筆記者である私の、これがどこに向かっているかについての意見などは心に秘めておいて、ブッダが自由に筆を走らせるままにさせておくのが肝要なのだ。そのあいだ、私はバスの窓から外でも見やるように、考えをあちこちさ迷わせるという人間生まれもっての権利を味わうのである。ブッダにはブッダのやるべきことがあり、私には私の仕事があるのだ。

ところで、ありがたいことに、私はネブラスカへの長距離バスに乗るハメにはならなかった。ずいぶん遅くなったのに格安の航空便チケットが手に入ったので、いまからすぐ故郷オマハに飛行機でひとっ飛びするのである。だが私のことは、あと回しにしよう。

問題は、あなたはどうしているのか、ということだ。ここまでのところ、この文章を読んできて悪くない気分だろうか、それとも昨年のデッパと同じように、いったいどこがポイントなんだろうか、と疑問がふくらんでいるところだろうか。ひとつまえの章に、ブッダがこっそりと忍ばせた教えを理解されただろうか？　ヒント——イッサからデッパへ贈られた句をよく見直すべし。

ともかくもあなた任せのとしの暮

「ともかくもあなた任せ」――つまり他力を頼むこと、これがまさしく、デッパが元日に師匠の家の裏口で、創造のための男性用の道具をしっかりと握ってやってのけたことなのだ。そのあとで、彼の頭のなかにつぎからつぎへと記憶があふれてきて、俳句の書きかたについてイッサ先生はぜんぜん教えてくれないと思い込んでいたことを恥じながら、デッパは感謝の涙を流したのだった。あとから気づいてみると、じつは、師匠はまどろっこしい俳句の喩えの形でだけれども、前年のほとんどを費やして、俳句についての教えをどっさりと与えてくれていたのだ。

例えば、

ただ頼め花ははらはらあの通り

in Buddha trusting / blossoms trickle / down

それに、

只頼め頼めと露のこぼれけり

trusting / they scatter to nothing / dewdrops

「私が聞く耳を持ってさえいれば！」デッパは白い息の雲を吐きながら、大声で口に出した。

もしあなたが「ともかくもあなた任せ」を実践できるなら、あなたの口もいつの日にかしぜんに開いて、新年の贈りものとなる一句を吐き出すことがあるかもしれない。他力を頼むことは、あの古の愚かもの、規則や戒律を避けて通った開祖シンランに従うことである。なぜなら、悟りを開きたいとわざわざ試みるなら、あなたを待っているのは、前年にデッパをさんざん悩ませ、眠りを奪いつづけた悲惨なのだ。あなたが恋をしたいとわざわざ試みるなら——などなど、などなど。

ともかくも他力を頼め。黄色っぽい暗号が彫られた雪の壁のまえに突っ立って、デッパが成し遂げたのはそのことなのだ。

23. 避け得ないこと

ある日、あなたがデッパのようにふと目覚めて、じぶんが正真正銘の詩人であることを発見したとしよう。必然的に、あなたは欠くべからざる最初の文学的長旅に出なければならない。

イッサは帰宅し、完ぺきな、まったくしぜんに出来上がった俳句がふたつ、家の裏の雪に小便書きされているのを発見して、ただちに、デッパがすぐに旅立つことになるだろうと悟った。弟子の少年の詩人としての飛躍はこの師匠を喜ばせ、また哀しくもさせた。正直なところ、ひどく驚きもしたのである。私と同様に、イッサもデッパが〈何かをつかむ〉までにはまだかなり時間がかかるものと予想していたからだ。まだ教えることはたくさんあるのだから、と。私たちはふたりとも間違っていた。ブッダの道とは不可思議なものなのである。

シロ、クロ、ミドの出発につづいてデッパが去ってしまって、半分に区切られた家のイッサの側はすっかり空っぽに感じられた。新しい静寂のせいで、ネズミたちでさえ少し神経質になって往来していた。

だがこれは避け得ないことなのだ。イッサ自身も二十代の終わりに、師匠のチクアが亡くなったあと、放浪の旅に出た。チクアはみなの驚きをよそに、山奥から出てきた田舎者のイッサを彼の一派を率いるべき後継者として指名した。イッサは初めのうちは師匠の遺言に従おうとしたが、彼の心はべつのところにあった。旅路が呼んでいたのである。

イッサはチクア一派を捨ててエドをあとにし、最初の避け得ない俳句行脚に出立した。修行僧の雲水の出で立ちをした放浪者となって、あちこちの地方を行き来した。風雨にさらされぼろぼろになった日記に、俳句を書きつけていった。漂いつづける雲のように、流れつづける水のように、雲水姿をした古のニッポンの詩人兼僧侶たちは、旅こそが生活そのものであり、悟りへの道であると信じていた。彼らの行脚は、「休暇」だとか「物見遊山」などではなく、崇高なる目的のための旅だったのだ。ブッダの救いである浄土をいま、ここにおいて実現するために。

読者はつぎのようにお思いかもしれない。シンランは、救いを求めるものは、それを見つけずに終わると警告してたんじゃなかったっけ、と。

まったくもって、そのとおり。悟りとはどこかに見つかるものではない。終わりなくのびゆく道を竹の杖で叩きながら、一生あちこちをうろつき回って——それでも、ブッダの平穏は得られぬのかもしれない。悟りは放浪によって得られるものではないし、故郷に留まったからといって見出せるものでもない。だがそれでも、旅に出るのはひとつの良い手段なのだ。なぜなら、旅路をゆく雲水たちならすぐに気づくとおり、放浪のなかでは、悟りのほうからあなたを見つけてくれるチャンスが高くなるからだ。

理由は単純である。旅行者は、クロが好んで口にするところの「無常」、ものごとのはかなさを実体験することになるからだ。今日はここに、明日はいずこ。なかなかに捨てがたい安定志向は、「家」がそもそもそのひと夜ひと夜の宿になってしまえば、あっという間に消え失せてしまう。旅の空では、会ったひと、見た光景に「さようなら！」と言うことに慣れて、ついには「さようなら」が「こんにちは」に取って代わるのだ。富士山と初めて対面したところで、本当の旅人ならば、「さようなら、富士山！」と言うだろう——目のまえの壮大な景色も、ついにはただの記憶になってしまうと身に沁みて分かっているから。また、深い霧のなかを近づいてくる人影に向けて、雲水行者なら「さようなら、誰かさん！」とつぶやくだろう——その人影もまた、富士山と同様にすぐに消え失せてしまうものだから。

こうしたやまほどのさようならのあとで、ある朝、行者たちは鏡に映るぼろぼろのじぶんの姿に、まったくの無常さ以外を見出し得ないことに気づいて、喜んで叫ぶだろう、「さようなら、私よ！」

じぶん自身にさようならを告げることこそ、ブッダの待つ浄土へと向かうための最初の一歩なのだ。

24. 南へと向かう

初めての俳句旅行として、デッパはまずエドに、シロ、ミド、クロの三俳友を訪ねてのち、古都キョウトへと向かい、さらに南へと下ることに決めた。

デッパには場面転換が必要だったのだ。キリストは故郷では預言者は受け入れられぬと語ったが、同じことが詩人には二倍にして言えるのだ。赤貧の両親は、利口な息子が時間と精力を傾けて、少しも飯のタネにならない物書きに入れあげているのが理解できなかった。とりわけ父親の落胆は大きかった。息子がカガ公とお近づきになれたことで、大名のお付きのひとりとして召し抱えられるものと期待していたのだ。ところがデッパはといえば、カガ公との付き合いにはいっさい興味がなかった。馬鹿なやつに育てちまったもんだ、と父は思った。

デッパの父は哀しげに首を振って、窓の外へと目をやった。雪に覆われた丘のうえのカブ畑では、一月の風に震えている枯れ葉が見えた。デッパのシルエットが、何か小さなものをじいっと眺めるために屈むのを見たりすると、心が破れんばかりだった。

「これからは、あのガキにも働いてもらわにゃならん。一日まるまるだ」と妻に向けて宣言した。

つぎの朝、夜が白みはじめるころ、デッパは故郷をあとにした。

デッパの父のうろたえぶりは、私にも理解できるものだ。つい先日のクリスマスのことだ。一族総出のプレゼント交換、食卓での七面鳥のごちそう、子どものころの部屋での昼寝のあとで、私は台所に座り、ブッダがこの定まりのない文章に一ページか二ページつけ加える気分にならないものかどうか試してみた。

すっかり手になじんだ青ボールペンがカリカリと走りはじめた。

しばらくして、父が入ってきた。

「そんなに精出して、いったい何してるんだ?」と言う。

父は元機械技師で、骨の髄まで実利的な人物である。どうやって、終わりも、行きさきも、目的さえも不確かな本を書くのに精魂を傾けていることを説明したものだろう?

私はようやく「ちょっとした書きものだよ」とだけ言って、「むかしむかし……」とタイトルの付いた第1章を手渡した。

カフェイン抜きのコーヒーをすすりながらテーブルについた父の額には、みるみるうちに深いふかい皺が刻まれた。

壊れた洗濯機や錆びついたヒューズ箱に示す細心の注意を、父が私の言葉に向けてくれていることがうれしく、誇りさえも感じないわけではなかった。だが私のうちのほとんどの部分は恐れに打ち震えていた。

読み終わり、読書用眼鏡をはずして目を上げた父の顔には、困惑の表情が浮かんでいた。

ようやく、父は口をきいた。

「ニクソンのことでも書いたらどうだ? ニクソンについちゃあ、いくら本があっても足りんからな!」

＊＊＊

デッパは杖をカタカタ鳴らしながら、うねうねとつづく将軍さまの街道をたどっていった。ブッダの冷え切った巨大な夢のなかのはかない亡霊のようなその姿に、北風が吹きつけた。デッパの脚は昼食をとろうとナカジマへと南下していたが、心はといえば人形劇場に置き忘れてきていた。身体はひとりきりで凍りついて、つるつる滑る将軍さまの街道を行きながら、心にはクロの教えにもかかわらず、忘れがたいあのお歯黒芸者の微笑みを思い浮かべていたのである。

25. 歳時記の季

読者であるあなたとともに、旅路にあるデッパにふたたび合流するまえに、生をめぐる、俳句にとって不可欠な季節というものについて一言させていただこう。

厳密な意味での俳句は、かならず〈季語〉を含んでいる。この季節についての言葉は、新年、春、夏、秋、冬、そして誕生、子ども時代、壮年時代、老年、死——こうした生の偉大なる循環へと一句を着地させるために必要となるのだ。そしてめぐりめぐって、また新たな年の誕生、子ども時代、そして——。

季語には明々白々のものもあるし、あくまで暗示に留まるものもある。明白な季語ははっきりと句の季節を表す。例えば、私がオマハからの帰りの飛行機で書いたつぎの一句でのように。

きよしこの夜丑みつの酒場かな
silent night, holy night / three / at the bar

句の初めの「きよしこの夜」はクリスマス・ソングから取られていて、季節が冬であることを明示している。私の尻ポケットに突っ込んであったメモにあったつぎの一句は、ついさっき書いたものだが、ここでもまた季は明白だ。

新年の誓いトイレの紙を買う
my New Year's resolution / buy / toilet paper

ところが俳句の季はただ暗示されるだけの場合も珍しくない。月を例にとってみよう。月はむろん一年中輝いているわけだが、俳句に取りあげられるときには、他の季節が指定されている場合を除いてはかならず、秋の実りのころの月を指すのである。デッパの日記から、つぎの例を見ていただこう。

名月や軽々しなふ枝の上に

十五夜の月が、このように俳句の切り詰めた表現において捉えられる。

ある句が実際に書かれた季節はあまり重視されない。大切なのは、句に描かれた世界の季節であり、その内容が歳時記のどの季節に当てはまるかという点なのだ。カガ公のつぎの俳句が良い例である。

老いらくの冬の焚つけ積むばかり

六月に書かれた句であることを私たちは知っているが、これはあくまで冬の句なのである。

26. 長崎

みぞれ混じりの嵐のなか、デッパは、ミドとクロのふたりといっしょに長崎にたどり着いた。シロはこの南への旅には同行せず、スミダ川のほとりの柳のしたにある小屋で釣りをし、句をつくりながら、春を待つことになったのだ。

ミドはふと、白装束の俳人のことを思い出した。デッパがあまりに黙りこくっているので、まるでシロみたいだなと思ったのだ。「まったく、誰かさんと同じくらいおしゃべりじゃあないか」とからかってみた。デッパは無言のままだった。

三人は街へと通じる門をくぐって、陰気な道を進んでいく。

「あの奇跡以来ずっとだ」クロは返事を期待していない調子で述べた。

「昼めし」とデッパがつぶやいた。

「なんだ、腹が減ったのか?」ミドは何里も何里もつづいたデッパの沈黙が破られたので、喜びいさんで言った。「おまえが永遠におれらの世界から消えちまったもんだと思ったぜ、「ぴんと」ばかりしてさ! まあ、ようこそここへ、さ、他所者《よそもの》さん! そうだな、このシケた街でも探せばまともな飯にありつけるだろうさ」

三人組はさびれた街を足ばやに通り過ぎていく。竹で編んだ傘のしたに身をかがめ、気のめいるような単調さで叩きつけるみぞれの音を聴きながら。緑装束の俳人ミド、黒ずくめの俳人クロ、それにとりてて目立つ色がないデッパは、ブッダの冷え切って灰色のくすんだ夢のただなかを重い足をひきずって進んでいった。

「生活のにおいがするぜ!」ミドが料理の煙を嗅ぎ分けて言った。

なぜ気にすることがある? とデッパは思った。お話は終わったんだ。インスピレーションも失せてしまった。この景色ぜんぶ、ひき出しのなか行きだ。

でもデッパは陰気な考えを口に出さず、心のなかにしまっておいた。桜の花柄のキモノを着た謎の芸者を目にしたあのときから、来る日も来る日も、そんな気のめいる考えで心を暗くしてきたのだ。キョウトへ向かう道で、彼女をふたたび見かけたのだった。一瞬、デッパのほうを見て笑いかけたかと思うと、つぎの瞬間には視線は彼を通り越して、千里の向こうを見つめているようだった。

「すいません、お嬢さん」と、ついに彼は口に出すことができた。

ところが、古いブルースの歌詞にある「悪運がなかったとしたら、おいらにゃ運なぞ関係ねえ（If it weren't for bad luck, I'd have no luck at all.）」が、この場面のデッパにはぴったりだった。デッパがようやく、あこがれのひとメラニーに声をかける勇気を奮い起こしたその瞬間に、彼女はちょうど古きよきニッポンに飽きて、このお話の世界から出て行くところだったのだ。

さよならの一語も、ウィンクひとつさえもなかった。メラニーは空気のなかへ、無へと溶けてしまって、未来のニューオーリンズへ、よだれを垂らして待ち受けている二匹の犬と、ジャズ・ミュージシャンの彼氏のもとへと戻っていった。

デッパの憂うつは、じくじくと暗く滲み出しつづけた。鼻水みたいな色としつこさでいつまでもつづく雪解け水を、ただ機械的に踏みしめていくじぶんの足の先を見つめていた。少なくとも、その先には何かが、例えば昼食が待っていた。漂ってくる匂いから判断すれば、蕎麦にありつけるらしかった。

ほどなく旅人たちはみぞれを逃れて、湯気の立つ蕎麦の椀のうえに身をかがめていた。こぢんまりとした蕎麦屋はほかほかとして暖かかった。

クロとミドは箸をとり、椀を持って、麺をすすり込みはじめた。

デッパがため息をつきながらあとにつづいた。しばらくすると、デッパも認めざるを得なくなった。なんにしたって、この蕎麦はまったく美味い！ この一場面がお話を進めるのにも、俳句の書きかたのレッスンにならなくても、キジの生卵の浮かんだ汁に泳いでいる太くて味わい深い蕎麦は、まさしく三人が求めていたものだった。店は居心地よく、暖かく、からっと乾いていた。生きているのは素晴らしいものだ、たとえそれがあと一ページのことにすぎなくても。

「そうだ、その調子だぜ！」ミドがデッパの顔にかすかに浮かんだ笑みに気づいて大声をあげた。

「どうせみなすぐに死ぬんじゃがの」クロはおだやかに講釈をたれた。まるでデッパがこの数日間、苦悩のなかでつづけてきた心の中のひとり言を一語も逃さず聞きとっていたような口ぶりだった。

「どうして分かったんです？」デッパは息をのんで、蕎麦の椀をのぞき込み、クロの目が見えないようにした。

「おまえの顔じゃよ、デッパ。誰にも言われたことはないんかの！　まったく分かりやすくできとる！」

27. 異人

蕎麦を食べ終えて、美味なる汁の最後の一滴まで飲み干そうと椀を持ちあげるころになると、デッパは自殺についての考えからすっかり解放されていた。実際のところ、この数日間ほど人生を終わりにしてしまおうという強い誘惑にかられたことは、彼の長く実りに満ちた俳人としての一生でも、あとにも先にもないことだった。幸運なことに、デッパはこのあとも八十歳まで生き延びたのだった。彼にとっての死は、やってきたときには友人のようなあいさつをして、つぎのような辞世の句を日記に書きつけるまで待ってくれた。

みな見たり成したり今や忘るるのみ

seen it all, done it all / and now / forgetting

クロは喜んだ。キョウトへの旅の途中で起こった奇跡、あの不思議な娘が奇態にも宙に消え失せるという出来事のあと、デッパが陥った絶望の深さを感じていたし、キュウシュウへと船で渡るあいだにもそれがいや増していくのがひしひしと伝わってきたからだ。クロは、デッパがブッダが見る三千世界の夢のなかのつかの間の幻にすぎないことを分かっていたが、じぶんが死ぬよりも先に、このデッパというかけがえのない幻と別れるという考えには耐えられない心地がした。すべからく執着を捨つるべし、といういつもの講釈にもかかわらず、クロは若き俳人にとりわけての愛着を感じはじめていたし、じぶん自身にさえ認めはしなかったけれど、デッパのことが好きになっていたのである。

「見ろよ、異人だ!」ミドは大きなささやき声で、巨大な姿が水を滴らせて戸口に立っているのをあごで示した。

「開いてるかい?」異人はもったりしてはいるが、充分に伝わるニホン語で店主にたずねた。

「異人か、聞いたことはあるな」クロは声を低くした。「じゃが、将軍さまがデジマから出るのを禁じられたと思うとったが」

異人はもじゃもじゃの赤ひげとぶ厚く巻いた爪をして、ぶかぶかの黒いズボンを履いていて、いかにも異国風だった。投げるように脱いだ大きな青い外套と、同じく大きな縁のある帽子から派手に水をふるい落とすと、ミドとひじが当たるくらいのそばにドカッと腰を下ろした。

「蕎麦をくれ!」異人が注文した。

「異人さん」ミドがひとなつっこい調子で話しかけた。「わしらといっしょに酒でも飲まんかい?」

異人はうなずいた。

「酒だ!」ミドは店主に向かって大声を上げた。

異人の名前はハンスで、なかなか話ができる男だということが分かった。深くて青い海の向こうにあるという異国についてのしつこい質問にも、すべてこころよく熱意をこめて答えてくれた。この異人はとりわけ敬虔なへすす信者だということも分かった。十字架のうえで死んで、神の子であることを証明するために生き返ったという、神でもあり人間でもある存在を崇拝している、と男は語った。

デッパは好奇心をそそられた。

「ぼくの師匠、イッサ先生がその宗教について教えてくれたことがあります。この地方に旅したときの日記を見せてくれました。それによるとあなたの宗教の古い像を見たのだそうです。その時のことを書いた俳句もありますよ」

君が世や茂りの下の耶蘇仏
Great Japan— / overgrown with weeds / Jesus-Buddha

「哀しい歴史があるのです」異人はため息をついた。「あなたはたぶんこの地方の、私たちが座っているここから一里も離れていない場所で、それほどむかしでない時代に起こったことをちゃんと理解してはおられぬでしょう。二十六人のへすす信者がサムライたちによって磔《はりつけ》にされたのです。その二十六人の殉教者は、羅馬《ローマ》から来たお坊さんに従っていたのですが、私はそうではなくって——」異人のハンスはニホン語には存在しない言葉を頭のなかでこねくり回してから、こうつづけた。「うむ、まあ、私もへすす信者なのですが、羅馬のお坊さんを信じているわけではないのです」

「それであなたの言うその聖へすすというのは、仏のことなのでしょうか？　私の師匠が書いていたように。それとも神なのでしょうか？」

「彼はただひとりの真の神様の息子なのです。本当のことを言えば、彼は偉大なる神様と一体であるのですが」

「つまり彼はじぶん自身の父親でもあると？」デッパがたずねた。

「そのとおりです。そして私たちの罪のために死んでくださったのです」

「私たち？　私もですか？」

「そうです。そのおかげでいつの日か、あなたは天国に行くことができて、地獄で永遠に焼かれる責め苦を免れるのです」

デッパの心には彼自身の考える天国と地獄の光景がひらめいた。天国は桜の花柄のキモノ姿の可憐な芸者、地獄はまさにその可憐な芸者がこの世界から消え失せた瞬間。

「しかし天国も地獄も」デッパは説明しようとした。「両方とも私にとってはすでに存在するのですよ」

「いいえ違います、若人よ。あなたが死んだら、あなたの魂が〈永遠に〉天国か地獄へ行くことになるのです。ただ主へすすを信じ、従うものだけが天国に参れるのです。残りのものらはみな焼かれてしまうのです」

クロはにやりと笑みを浮かべ、首を振った。「もっともらしく！」

ハンスはクロのせりふをユーモアだと解せなかったようだ。太ったそばかすだらけの顔がみるみるうちに赤くなった。

「お許しくだされよ、異人どの」黒ずくめの俳人が言った。「じゃがそなたの希望的観測はまったく貴重なものじゃな。わしらがそもそも現実じゃと見て、永遠にある状況を忍んだり、楽しんだりするなんてのはの！」

クロはいつも喜んでするように、いかに私たち人間がつゆのようにはかなく、ブッダの見る宇宙の夢のなかに消える定めであるかを、異人向けに証明しようとした。「ほんのつかの間じゃよ、わしらはみな、じぶんがそこから生まれたところの無に溶けていくが必定なのじゃ」

「そのようにあなたが考えておられるのはお気の毒なことです」とハンスは、クロが話し終わるのを待ってから言った。「まったくお気の毒です」

「いやあ、こちらこそそなたが不憫じゃと思うよ。存在もせぬ未来に希望をかけるなどの」クロはやさしく答えた。

「ふん、今日のところはそのへんで終わりにしようや」とミドが割って入り、四人の盃に酒を注ぎ足した。「そんでいまここの、この一瞬に乾杯しようや、未来がどうであれ！」異人のハンスも含めて全員がミドの乾杯に唱和して、「いまの一瞬に、乾杯！」と叫んで盃を空けた。それからじぶんたちは夢にすぎないと信じている三人の仏教徒詩人と、じぶんは夢ではないと信じているへすす信者の商人は、少なくともひとつの事柄ではすっかり同意することができたのだった。長崎の、このこぢんまりした暖かい蕎麦屋で、いま生きていることはまったく素晴らしい！

昼食にはすっかり満足した。デッパは生者のあいだへと戻ってきたのだ。

28. 創作グループで自殺について考える

先週木曜日の午後のこと、私は創作グループのみなに新しく書いた章を見せたくてうずうずしていた。とくに、長崎の蕎麦屋の場面は、書いているそばからじぶんで興奮してしまったくらいだったから。わが最新原稿のコピーがコピー機から吐き出されてくるのを眺めながら、ふたたび書けるように、しかもすらすらと書けるようになったことにほっとしていた。

ミッキーはその日、自作原稿を持ってきていなかった。小説の登場人物のほうのミッキーが、ブルガリアの国境あたりでしばらく足止めを喰っているらしい。チャズは一段落っきり、それにメラニーの真実に忠実な小品はいつもどおり短くてセンチメンタルだった。そういうわけで、長いあいだ注目を浴びることがなかったけれども、とうとう今回は、私が主役になれそうだなと感じた。

グループは椅子に座って円になっていた。場所は、ミッキーの広くて静まりかえったオフィスだった。私たちはチャズの一段落から始めた。彼の描きだす怪物の一匹がハンマーストンプという名のこれまた凶暴な雄牛に襲いかかり、切り刻んだ。私はじぶんの考えを手みじかに述べ、チャズの作品のことは手早く切りあげてつぎへ、と考えていたのだが、他のメンバーは細々としたどうでもいいこと、例えば、血は「ほとばしり出る」のか、それとも「吹き出す」べきであるのかなどについて、いつ尽きるともしれぬおしゃべりを始めた。ミッキーは「吹き出す」を、メラニーは「ほとばしり出る」を押して、チャズが一時間いくらで給料を払わなければならないくらいの勢いで議論しつづけたのだ！　私はといえばいらいらしながら、懐中時計にちらちらと目をやっていた。

ついに議論に決着がついた——ハンマーストンプの血は「しぶきを上げて散る」ことになった。つぎはメラニーの実生活ばなし最新版、内容は、赤信号で止まっていた彼女の車のとなりにある男が車を止め、どのラジオ局を聞いてるんだい？　とたずねてくるというもの。ミッキーとチャズはすかさず「描写をもっと入れるよう」しつこく不平を述べはじめた。

「情景が浮かばないし、臭いも味もしないわね」とミッキー。

「もっと具体性がないとなあ」とチャズのあいまいな助言。

メラニーがふたりの意見に感謝を述べると、ついに、創作グループでのわが栄光の瞬間が到来した。私はコピーを回すと、最新の章を矢継ぎばやに大声で読みあげていった。軽やかに舌をこぼれ落ちていくブッダの言葉の響きの心地よさといったらなかった。

「——昼食にはすっかり満足した。デッパは生者のあいだへと戻ってきたのだ」読み終えて、メラニーの海外のペーパーバックが散乱したコーヒーテーブルのうえに原稿を置いた。遠慮がちな笑みを浮かべて顔を上げ、賞賛の嵐——言葉でできたバラの花の雨あられ

――を待ち受けた。

長い沈黙があった。

「俳句についての本のなかに異人ときたね」チャズはしかめっ面を見せた。

「フロベールのもの真似みたい！」ミッキーはフロベールの名を極端なフランス語式発音で言った。

メラニーはモナリザ風に微笑んで、無言だった。

ついでミッキーが話題をわきにそらした。「いまここで私たち全員が自殺したら、全国規模のニュースになるかしら？」

会合の残りはこの重大な問題でもちきりとなった。モナリザのメラニーも含め、ひっきりなしに意見を吐き出していた。

真理へと近づけば近づくほど、道からそらせようとして現れる魔物や門番の怪物が凶暴になっていく、とは古くからの仏教の格言が警告しているところだ。会合のあとで家へと自転車を漕いで、キャロルトン通りの暗い高架下を潜りぬけようとした、その時にふと私は気づいたのだった。われらが創作グループがいま、それ自体に咎はないとしても、私を阻もうとする魔物となって現れたに違いない、と。凶暴な門番の怪物となって、物語がブッダからしぜんに流れ出ようとしているまさにそのときに、私を谷底へ突き落とそうと待ち構えていたのだ。

いややっぱり単に、グループが賞味期限を過ぎてしまったというだけなのかもしれない。ペダルを漕いで通りを駆け抜けながら、この世界で私たちみなは、何と孤独な存在なのだろうと、腑に落ちたのだった。ミッキー、メラニー、チャズ……それぞれがブッダのべつべつの仮面であるはずなのに。

あなたも、わたしも、デッパだって……。

29. デッパの同年後半の日記から

十一月三日。朝に雪。

私たちはノリダに泊まった。竜のごつごつの肩に見える山並みのあいだにすっぽりと収まった村だ。岩の竜の肩から生えでた腕は、銀色にかがやく海に向けて急勾配でつながっている。あたりは一面の銀世界である。白い山々、白い空。今朝はわれらが白装束の俳人シロさんのことが思われてならなかった。この場所の空っぽな気配を、シロさんならきっと気にいることだろう。

白銀に墨一点のからす哉

an ink-black crow / in the dead / of white

この漂白された世界のなかでもカラスのように真っ黒なクロが、私をわきへと引っ張っていって、深刻な調子で、ミドのやつはこの場所を離れんつもりらしいぞ、とささやいた。ミドさんは飲み屋にじぶんの指定席をこしらえて、土地の漁師や給仕の女の子たちと、日がな一日話しこんでいるのだった。もう酒のための支払いも要らなくなっていた。つぎからつぎへとミドさんの盃に酒を注ぐ人間がいて、ミドさんの唄に聴きほれたり、冗談に笑い転げたりしていた。だがわれらが緑衣の俳人がだんだん元気をなくしている、というのも事実だ。

私はクロさんに、「たぶんすぐ立ち直りますよ、まえみたいに」と言ったが、私自身がその言葉を信じられない心地なのだ。

昨晩は、ぶっそうな連中が飲み屋に入ってきた。二人組のふんぞりかえったサムライたちだった。ミドさんはうたた寝から目をさました。

「おい、サムライども！」ミドさんが叫んだ。「こっち来て、おれらといっしょに飲め！」クロさんが黙るようにミドさんに合図した。私も「そりゃあ、あんまり良い考えではないと思いますよ」と小声で注意した。

ところが、ミドさんは語尾をのばして叫びだした。「サムライどもお、おめええらに言ってえるうんだぜえ！」

サムライはまず的を見定めるかのように目を細め、こちらに目をやった。それからゆっくりと近づいてきた。

「座れ！」ミドさんは真っ向からサムライを睨みつけると言った。「おまえらに訊《き》きたいことがある」それから給仕の女の子に向けて、「酒を持ってこい！」と命令した。

サムライふたりは暗く引きつったような笑いを浮かべながら、腰を下ろした。

「で、教えてもらいてえんだが」とミドさん、「いままで何人殺してきたんだ、あんたら？」

私は息を呑んだ。クロさんは壁にできた影みたいに真っ黒にじっと座っていた。ミドさんはしゃべり止めることができないようだった。

「おれらは俳人だ」と、ミドさんは自己紹介した。「おれらはものを書く、それが仕事だ。で、おめえさんたちは、よう友人、サムライだねえ」給仕の娘がまだ注いでいる最中の盃をはやくも手に取っている。「おめえさんたちは、殺すのが仕事、だろう？」

「そのとおり」太ったほうのサムライが低い声で言った。「殺すのが仕事だ」

＊＊＊

「戦争は好きだよ」とプラスチック縁の眼鏡をかけたサワヤカ系の男が言った。「おれは戦争ならよく知っているし」

「おれたちはあのまんま、バグダッドまで乗り込むべきだったんだ」そうぼやいたのは、その友人の、もじゃもじゃ頭のフーマンチュー髭の男だ。

聖パトリックの祝日のことだった。バー・ポリーズ・オン・トゥールーズは、一杯一ドルの生ビールを流し込みつつ、やかましくお喋りしている客たちで寿司づめになっていた。ジュークボックスが大音響で、梁に吊るされたスピーカーからヘビーメタルを吐き出しつづけていた。

「そりゃあ何の本だい?」サワヤカ系が尋ねてきた。

「たまたま読んでるやつなんだけど」ぼろぼろになったパフィン社のペーパーバックの『デッパ日記』の翻訳を見せてやった。

「面白いのかい?」

「と思うよ」

ヴェトナム帰還兵で、茶色のバイカー・ジャケットを着たフーマンチュー髭の男が、会話をもとの話題に戻した。ふたりは大声で戦争について議論していたのだ。

「おれは田舎のほうに二年いたんだが」生ビールを持ちあげて、ぐいっとひと飲み。人差し指と親指のあいだのところに赤いヤモリの入れ墨が彫ってある。

男はげっぷをしてから話をつづけた。「おれは技術兵でね。川に地雷を仕掛けるのさ。チャーリーが来たなと思ったら、スイッチを入れる、するとドボーンさ。でも何カ月もずっと何も起こりゃしないんだ。やったことっていえば、だらけて、アヘンやるくらいかな。あんた、アヘン吸ったことあるかい?」

私はいいやと首を振った。

周りはひどく混みあって、やかましかった。男の話を聞くためには、バーに身をかがめて、耳のうしろに手をそえなければならなかった。

＊＊＊

「北のほうであった一揆でさ。ど派手に殺してやったもんよ」

「百姓どもがよ」痩せたほうのサムライがにやりと笑った。「五年かそこらごとに、とくに飢饉のあとなんかは年貢が払えんって蜂起しやがんのよ、あの阿呆どもが。でわしらの出番ってわけさ」

「つまりあなたがたは傭兵ってわけですな」クロが言った。

「誰の手下でもないのさ」と太ったサムライ。「銭こそ、ご主人さまというわけだ」

ふたりのサムライは声をあげて笑った。

＊＊＊

「その時は見張り役でな、アヘンやってトンビみたいにふわふわハイになってて、コントロール・ボックスを片手から片手へ、宙に放りあげて遊んでたんだよ。何もかもがスローモーションに見えてさ。——ちょうど輸送部隊が橋を通るところだった。で俺はふと思ったわけだよ、ちょいとスイッチを入れてみようかなって。何が起こるかなってさ」

「マジっすか！」サワヤカ系の男は話が気に入ったようで、目を輝かせて聞いている。

「ケッサクだったぜ！　ジャングルの川の水がふたつの壁になってぐんぐん高くなって——一〇〇フィート、二〇〇フィートってよ。橋の両側に、ファンキーな水の壁がゆっくりのっそりと上がってな。でもそれが止まったと思ったらいっせいに落ちてきたね——バシャン！——輸送部隊のうえにね。おれは笑いも出ないほどぶっ飛んじゃってたけど。おっかしかったよ、でもだんだんビビってきてさ。どうやって誤魔化そうかな、とね」

「で、どうしたんだい？」と私。

「おれがやったんじゃないって言い張ろうと決めたのさ。チャーリーが暴発させたんだ、って。でもそんなウソをつく必要はなかったよ」

「どうして？」友人がたずねた。

「なぜってよ、手が一個浮かんできたのよ」

「なんだって？」

「人間の手だよ。水と魚といっしょに手がひとつ落っこってきて、トラックの一台のうえに着地したってわけさ。誰だか知らんが本当に川のなかに居たってこと」

新しい客の一団がバーにまたなだれ込んできた。ブローした髪をふわふわとたてがみのようになびかせた女学生たちだ。兵隊たちはそちらに目を奪われた。サワヤカ系は『デッパ日記』を私に返すと、女の子たちに声をかけようと席を立った。

私はといえば、本を開いて、読書を再開した。

＊＊＊

飲み屋の女たちとサムライたちが気兼ねなく遊ぶので、私は驚いてしまった。太ったほうは乾杯のあいまに、紙切れからていねいに鶴を折りあげてしまった。折り終えると、千鳥と波の柄の青いキモノを着た小柄で青白い給仕の少女に贈ってやっていた。

少女は喜んで笑い声をあげ、サムライを連れて二階へと上っていった。

ミドさんは馬鹿みたいににやにやしていた。

私は一句書いた。

殺めしか紙を手折りて鶴をなし
the killer's hands / fold a paper / crane

真夜中になったので、クロさんと私は飲み屋を離れた。ミドさんはいつものとおり、指定席で眠りにつくまで居残っていた。おれの魂が離れさせてはくれんのだよ、と言って。もしここで死ぬことができたんなら、幽霊になったって、のどが渇くなんてことはあるめえ。

30. デッパ、現代のニッポンからの旅行者に扮してニューオーリンズを訪問

さて、読者とわれらが創作グループの同志たちは、すでに古きよきニッポンを訪ねたわけである。フェアプレイの精神を重んじるなら、かの地、かの時代の住人にも、現代のニューオーリンズを旅していただくというのが筋であろう。となれば当然、デッパが第一

候補である。漂泊の人生を選んだばかりなのだ。創作グループの面々がカガ公の湖上花火大会を、読者諸兄がイッサたちの舟での月見を楽しんだように、デッパをわが居住地に招待するというのはまったく理にかなったアイデアだと思う。

ので、そうしてみることにする。

＊＊＊

デッパが現代ニッポンの旅行者の姿でニューオーリンズに到着したのは、つい今朝のことだった。ジャクソン広場のすみにある古い大砲の影、アザレアの茂みで、デッパはこの世界へと物質化したのであった。首からぶらさげた望遠レンズつき38ミリカメラは単なる小道具であって、フィルムは入っていない。デッパは詩的に、つまりはペンと紙を使って、俳句でスナップショットを残すつもりだからだ。

今朝は素晴らしい五月の朝だった。一週間隠れていた太陽がようやく雲から顔をのぞかせていた。デッパの読みやすい顔が前歯剝き出しの期待で輝いた。今日はいつもの竹の筆、和紙、墨とすずりの代わりに、らせん綴じのノートと青いビック社製ボールペンが胸ポケットに突っ込んである。

ガイドマップを広げて方角を確かめると、まっすぐ歩きはじめた。白く塗られた大聖堂を過ぎ、パイレーツ・アリーを抜けていく。ほどなくデッパは世界に名だたるバーボン通りに立っていた。

「よお、その靴をどこで手に入れたか当ててやろうか?」

「私に話しかけているのですか?」デッパは英語が瞬時に理解できるようになったことを得意に思いつつたずねた。

「その靴をどの州、どの街、どの通りで手に入れた《ゲットした》か当ててやるから、十ドルくれよ」

デッパはこの提案について考えてみた。ジャクソン広場のアザレアの茂みからじんわりと湧き出してきたのだから、この野球帽をつばをうしろにかぶった男がデッパのはいている靴をどこで「手に入れた」のか当てられるはずはあるまい。デッパ本人にだって分からないのだから。

「いいでしょう」と答えた。負けるはずはない賭けなのだ。「でも絶対に当たりませんよ」

「あんたはその靴を、ルイジアナ州ニューオーリンズのバーボン通りで足に履いて《ゲットして》るのさ」

そう言うと男は片膝をついて、デッパの新品のリーボックスに靴墨をなすりつけ、ぼろ切れで磨きはじめた。

「ほら二十ドル」と男は開いた手を差し出してきた。

「十ドルの賭けのはずでしょう！」

「おはなし十ドル、靴磨き十ドル！」

しぶしぶ支払いをした。デッパは知るまいが、フレンチ・クォーターおなじみの詐欺の手口のひとつに引っかかったのだった。古きよきニッポンから来た俳人だとか、ネブラスカから新しく赴任してきた教師なんかはよいカモなのだ。

デッパはバーボン通りを散策しつつ、ポルノショップのショーウィンドウを興味しんしんでのぞき込んで、ふくらませたビニール製の男女に逆にのぞき返されたりした。鞭だとかチェーンだとかには驚かされたが、ディルドーだとかクランプだとかの用途はさっぱり分からなかった。

通りにそって二度ほど往復して、デッパはそこにある目立った建物のひとつに入ってみることにした。扉のうえに誘うように、店の名前「ドリームランド」が金きらのネオンで光っている。店内は暗くて、空気は煙たく冷たかった。目が慣れるまでしばらくじっと立っていなくてはならなかった。ヒップホップのドシンドシンというビートで、デッパの骨がビリビリと震えた。ひじのところをがっしりとつかまれた。

「バー、それとも個室?」女がたずねた。

デッパはバーを選んで、露出の多い案内嬢に連れていかれた席によろめきながら腰を下ろした。ビールを頼んで、頭のうえのステージで繰り広げられているエロティックなどんどんぐりぐりに集中しようとするが早いか、ハスキーな声が右の耳をくすぐってきた。

「友だちがいたほうがいいでしょう?」

赤いドレスを着た豊満なブロンド女性がデッパのとなりに腰を下ろした。女性バーテンダーがすかさず現れて、たずねてくる。「この素敵な女性に一杯おごってはどうかしら?」

「いいね」とデッパ。小さなグラス一杯のビール、「素敵な女性」のためにカクテルを一杯、それにチップ——ドリームランドに入ってまだ一分も経っていないのに、もう十五ドルも使っている。

(その調子だぞ、デッパ、楽しむがいい。もし金がなくなったら、作者の私が書き足してやるから!)

曲が終わった。ダンサーはぐらつくほど高いハイヒールの他にはほとんど何も身につけない姿で、かかとを鳴らしてステージから降りてきた。

「あたしのダンスにチップをくださるかしら?」と甘い声。

デッパは言われるがまま、チップを払ってやった。

デッパが酔っ払って、ようやくドリームランドの外にふらつき出てみると、外はすっかり暗くなっていた。午後のあいだずっと個室にいたデッパは、「二人組で」楽しませてくれたアンバーちゃんとチョコレートちゃんにふんだんに感謝された。二人にはさまれたデッパはさながら、肉感的な人間サンドウィッチに挟まれたボローニャソーセージといったところだった。他のダンサーたち――カレン、ルイーズに、JTにキキ――も握手を求めてきた。デッパは全員に、カウボーイハットをかぶったドアマンにまで、たっぷりチップをはずんでやったのである。不景気な一日をかきこみ時に変えてくれたニッポンからの来訪者にみな大喜びだった。

「そのカシワ何とかっていうあなたの故郷のひとたちに、いつでも大歓迎だからって伝えてちょうだいね」最後にカシワバラ村出身の俳人の手を握ったキキが言った。

デッパがドリームランドを去るに際してつくったのが、つぎの一句である。

妹いづこバーボン通りのストリッパ
somebody's little sister / Bourbon Street / stripper

デッパがわれらの時代を訪れる日がちょうど満月の夜になるように、私はちゃんと配慮しておいた。俳人の創作欲を搾りだすのに、月ほどよい仕掛けはないからだ。デッパはこの期待に応えてくれた。フレンチ・クォーターが暗くなり、さらに騒々しく立て混んでくると、デッパは私が用意してあげたらせん綴じのノートに俳句のスナップをいくつか書きとめてくれた。例えば、

良月や小さきままに暈《かさ》かむり
the good little moon / has / a halo

紅ほのか窓にリップをつけしあと
faint pink lips / where someone kisses / the window

いざさらば月にキスする酔っぱらい

kissing moon goodnight / a gentle / drunk

ちょうど真夜中ごろに、私は、デッパをこの目でちらりとだが目撃することができた。お気に入りのカラオケバーのいつものテーブルに座って、ステージで「ボーン・トゥ・ビー・ワアーアーイルド！」と大声を張りあげているカナダ人ふたりを眺めていた。その刹那、デッパと目が合ったのだった。外の混雑する歩道のうえに立って、ステージのうしろの窓から店をのぞき込んでいた。カナダ人のひとりの脚のあいだに、はっきりとデッパの姿を見ることができた。細身で、青白く、私が思い描いていたよりずっと背が高かった。その黒く力強い目は、私の目を見つけて、驚きで大きく見開かれた。

瞬間、フッ！――その姿は消え失せてしまった。

31. さらにデッパの日記から

十一月十五日。曇り。

ミドさんが酒を止めた。クロさんと私は今朝、骨と皮ばかりになった友人が飲み屋の指定席の長椅子にぴんと腰を伸ばして座り緑茶を飲んでいる姿に、まずはじぶんたちの目を疑った。それから、醤油で塩辛く煮たタニシをかけたどんぶりを食べた。ミドさんがムシャムシャと馬鹿でかい音を立てて食欲おうせいにがっつくのを見て、クロさんがようやくたずねてみる気になった。「今日は酒は飲まんのかね?」

飲まない、とミドさんは首を振った。

箸を置くと、どんぶりを顔まで持ちあげた。残っていた汁を、うしろに首をそらせてゴクリと飲み込んだ。

「クロよう、おかしな話なんだがな」とミドさんは言った。「今朝起きてみて、すぐ気がついたんだ、朝一番にだぜ、酒がまったく飲みたくなくなっていることによう」

私たちふたりは信じられない思いでミドさんを見つめた。

「酒はもう止めだ」不思議な微笑を浮かべている。

「じゃあ、ここを出立するとしましょうか！」

「そうだな、デッパ。このひでえ場所を出て行くとするか」

立ちあがると、緑の袈裟に包まれた弱った身体がふらふらと揺れた。両側に立った私たちの肩に細い腕を引っかけて、飲み屋から灰色の冬の朝へと連れ出した。

「じぶんの正しき心から抜け出すための、何か他の手段を見つけなきゃあならんようだな、なあ？　酒がポシャポシャの水と変わらんようになったんじゃあな！」

「心配いらんよ」クロさんが言った。「正しき心のうちにあるとかないとかは、もうおまえにとっては問題にならんよ」

私はすっかり舞いあがってしまっていた。ミドさんが酒を止める！　ミドさんが飲み屋を出る！　彼の魂はもう渇いてはいないし、私たちは旅をつづけることができる。さて、どこに向かおうか、おつぎは？

そんなふうに考えながら軽いかるい身体を支えていたのだが、ミドさんの足どりはだんだん地面を引きずるようになり、それからついには、引きずることさえなくなってしまった。その足はただ雪のうえを引きずられて溝をうがつだけになり、宿へと歩みをつづけるのはクロさんと私ふたりだけの仕事になった。

宿の戸口にたどり着いたときには、大きく見開かれたままの目がこの友人の死を伝えていた。

32. シロからデッパへ、句作についての助言

生まれ故郷にて三色の兄弟子と出会ったばかりのころ、デッパは陰気なクロと快楽主義のミドの詩論にすっかり圧倒されてしまって、静かに空を見つめるシロの哲学にシンパシーを覚えることはできなかった。じぶんが俳句の旅路に踏み出し、人生の持つ深さや多面性、不可思議さを体験してようやく、彼から俳句について得られるだけの助言を得てみようという気になったのである。そこでデッパは、ミドを埋葬してから数週間後に、白装束の詩人が住む柳のしたの小屋を訪ねていった。

湯気の立つ緑茶をすすりながら、問答が始まった。

「イッサ先生が言葉でではなく実践で教えてくれたことですが、人生は俳句であり、俳句は人生です。それと、そのどちらにしても幾つもとらえかたがある、ということでした。つまるところは、どちらもが底の知れぬものであるので、どう足掻いてもどのみち、私たちは表面のみを引っかくだけにすぎないのだ、ということになるのでしょうか？」

シロはそこにただ座っていた。

「だけにすぎない、というのは違うのかもしれません。悪く見ればそうなだけで。でも旅をつづけて、よりはっきり物ごとが見えてくればくるほど、あらゆることが——外見も中身もひっくるめて——どうしようもなく、とらえどころのないものになっていくんです。シロさん、まえには簡単につぎからつぎへと生まれてきた俳句が、どんどん難しくなってきたのです。つまりは私もあなたを見習って、ただ口をつぐみ「ぴんと」するべきなのでしょうか？」

シロはただそこに座っていた。

「でも私は何かを言いたいんです！　あなたのとった純粋なやりかたには、どうやら私は耐えられそうにありません。どうしたら饒舌と沈黙のあいだの、中庸に至ることができるのでしょう?」

＊＊＊

私はただここに座っている。

現在という時間に、いつもの腰掛けに座って、ぼろぼろのパフィン社版『デッパ日記』を読みながら。私自身が創作に行き詰まっているだけあって、日記のシロ訪問を書いた部分が身に沁みて理解できる。パブのなかにぼんやりと目をさまよわせる。金曜の午後四時、ハッピー・アワーだ。私はひと息の詩で、目前のこの場面をじゅうぶんに描きうるだろうか、と考える。

＊＊＊

「シロさん、あまりにもたくさんの出来事が起こっていて、それがすべて結び付き合っているのです! すべてが他のすべてのものと! で、どちらを向こうが、私は、多くのものが見えすぎる気になるのです。頭痛がしてきます、私の考えは表面をなぞるだけです。うまく言葉が出なくなるのです」

シロはただそこに座っていた。

＊＊＊

テーブルのうえに、青、オレンジ、赤の風船がふわふわと浮かんでいる。ＭＣが「クロコダイル・ロック」をハミングする。バーで私のとなりに座っているのは、背を丸めて本をのぞき込むようにして読んでいる婆さんだ。赤いＴシャツ姿のウェイトレスふたりは、退屈してぼんやり宙を眺めつつ、旅行者たちがふらふらと入ってくるのを待っている。ステージのうしろの開いた窓から、午後の陽射しでぎらぎらと輝いているバーボン通りがのぞいている。太った男が電動式の車椅子に乗り、黒い葉巻を吹かしながら通っていく。歯抜けの酔っぱらいがふらふらしながらタップダンスを踊ろうとする。このいま、この一場面に、なんと多くの光景、それに音が満ちあふれていることだろう。一句にはとても収まりきれないに違いない！　しかもこの瞬間は、私がそれを捉えたそばから、容赦なくつぎの瞬間へと変じ、万華鏡をひと振りしたみたいに新しい現実が現れるのだ。

＊＊＊

「ずっと考えているんですが、シロさん、書きたいと思ったときには、何かしら言うべきことがあると思うんです。それを逃してしまって、何も言わないで終わってしまうんではないかと心配になるのです」

シロはただそこに座っていた。

「ミドさんの葬式では、心がひどく痛みました。感情と思い出でいっぱいになって張り裂けそうだったけれども、それでも私は何も書けなかった」

シロはただそこに座っていた。

＊＊＊

私はただここに座っている。

私は深くうなずく。そのとおりだな、デッパ。あんたがどこから来たのか、私は知っている。執着は役に立たない。私たちはふたりともじぶんの言葉に、じぶんの詩に執着して、何ごとかをそこから得ようと思ったり、それ自体が何ごとかだと思いたがっている。

まったく、クロが警告してくれたとおりだ。私たちは、じぶんでこしらえるもの、うまくできた俳句を好みすぎるせいで、かえって、それが生まれ出るまえのつぼみのままに枯らしてしまうのだ。

＊＊＊

シロはただそこに座っていた。

＊＊＊

私は目のまえのビールをじっと見つめる。すべての詩人が、多く見えすぎるので書くことができなくなるような地点に至るのだろうか？　だったら、私はどうしたらよいのだろう？　源へとさかのぼってみるのはどうだ？　ニッポンを訪ねる？　たしかにちょっとは金のたくわえはあるしな——。

＊＊＊

シロはそこに座っていた。

シロはそこに座っていた。
シロはそこに座っていた。
デッパが書いた句を、私は読む。

つめたき世のおもてを掻きて鼠かな
scratching the snowy / surface of things / mouse

33. ゼンコウ寺

デッパは西国の山々をわたり歩きながら、しだいに故郷へと心ひかれてゆくのを感じていた。じぶんの足が向いている方角に気づいて、ちょうどよい機会と、両親と、俳句の師匠イッサを訪ねて帰ってみることにした。

もう春になっていたが、デッパの生まれ故郷の地方でいちばん大きな寺であるゼンコウ寺にたどり着くと、まだ道のうえに細かい粉雪が降りかかっていた。村までの数里の険しい山道を残して、寺にちょっと立ち寄ってみる気分になった。

寺の敷地のすみっこに梅の木立があった。懐かしい思いが波のように押し寄せてきて、デッパは足を止めた。もうずいぶんとむかしのことだ、父親といっしょにあの梅の花咲くしたで、弁当を食べたことがあった。にやにや笑いを浮かべた鬼瓦のある大門から寺へと入っていく。露店がお香や、砂糖をまぶした梅、数珠などを商っている。本堂までつづく広い並木道を歩いていった。

乞食たちはデッパのぼろぼろの出で立ちにプロの目を走らせて、おれたちの同類だな、喜捨用の箱を差し出すまでもない、と値踏みした。

本堂の入り口で、デッパはわらじをはきすてるように脱いで、先客のつくった履きものの列に加えた。それから、ひんやりと暗い内部へとはだしで入っていった。すべてが憶えているとおりだった。

金色の仏像の右側に開いた通路の入り口に、参拝者たちが並んでいた。デッパはそれがどこにつづいていくのか知っていた。階段を降りると漆黒の闇のトンネルになっていて、先ほど見た仏像の真下へと至るのである。

今朝は何人が救われるのかな、とデッパは思った。

何年もまえの正月のこと、父に連れられてこの暗い通路をたどったことを思い出していた。したにある真っ暗闇のどこか、ちょうど金色の仏像の真下にあたるところの壁に、むかしの僧によって掘られた手のひらほどのサイズの穴がある、と階段を降りながら父が教えてくれた。暗闇を手探りしていって、うまくその秘密のくぼみに手を入れることができた人間は、あやまたず極楽浄土に生まれ変わることができるのだ。

デッパの訪問の何世紀もあとも、敬虔な信者たちはそれとまったく同じ暗いトンネルをそろそろと歩いていく。しかしいまでは親切なツアーガイドが、ペンライトで、ここがその幸運のくぼみですよと示してくれるものだから、現代の参拝者たちはひとり残らず救われる仕組みになっているのだ。

＊＊＊

お堂の地下の暗闇へとつづく階段をゆっくり降りるのは、少しも怖くはなかった。デッパはお参りの列のいちばん最後にいて、父の姿はすでに、いくつもの影のあいだに消えてしまっている。ブッダの狭い闇の世界はひんやりとしていた。うしろに誰もいなくなってから、朝に父親がゼンコウ寺への道すがら教えてくれたことを信じきって、ゆっくりと慎重に進んでいく。

「浄土に生まれ変わるのはのう、運の良いことだぞ。例えば、大海原のどこかを泳いでいる目の見えない亀がいたとしよう。この亀は、百年に一度、百年ぶりの息をしに水面に顔を出して、すぐにまた深みへと潜っていく。一方でだ、海のどこかの波のうえにあてもなく浮かんでいる木の板が一枚あって、その真んなかに穴が開いているとする。極楽浄土に生まれ変わるというのはのう、百年にいっぺんの息をしに浮かんでくるこの亀が、あてもなく浮かんでいる板の真んなかの穴から鼻面をついと突きだ出すくらいに運の良いことなんだぞ。でもしんぼうをつづければ、いつかはそんなことも起こるもんだぞ！」

デッパは父親の言葉を心に刻んだ。じぶんの見えない右手が亀の鼻面で、まだ細い子どもの手首を亀の首だとする。ブッダの洞窟の闇に隠された手のひらサイズの穴は波にただよう木の板で、極楽へとじぶんを手招きしてくれている。ああ、運よくその穴に手を入れられないものか。それであとで父親に、まだ十歳のぼくがやってみせたのだと言えたとしたら！

階段のいちばんしたにまでたどり着いて、廊下へと入っていく。父親に教わったとおり、冷たい石壁の腰の高さのところをかるく触れながら進む。ゆっくり、ゆっくりと歩いて——すべてがうまくいっているようだ。

もう行き過ぎてしまったかもしれない、とデッパは立ち止まった。何も見えず、じぶんの息と心臓の鳴る音しか聴こえない。そこで、手を肩の高さまであげて、そのまま壁のほうへ腕を伸ばしてみた。

＊＊＊

くねくねとつづく将軍さまの街道を村へと帰りながら、父親に、運よく穴が見つけられたかとたずねられた。デッパは突き指をした手をどてらに隠したが、うつむいた顔を見れば、哀れにも失敗してしまったことがまる分かりだった。

「父さんは運が良かったの？」

「もちろん。毎度のことだ！」

ゼンコウ寺が属する宗派の宗祖シンランは、平穏を得るためには独身を守らねばならぬというブッダの考えを否定した。救済を得ようと意図された行動は、すべて利己的な欲によって堕落していると考えたのだ。一生を独身で送って、これで極楽浄土に生まれることができる、などと思うとしたら、それこそが利己的な考え——じぶんが極楽浄土に生まれたいという欲そのもの――であって、それだけで、地獄の閻魔大王のまえに引き出されるのに充分である、とシンランは語っている。

的を捉えようとして暗闇に潜っていくとしたら、それはすでに的を外しているのも同様である、とシンランは言うのである。

救済は運よく決まるもので、あの世からブッダによって定められるものだ。よい行いをするとか、戒律を守るだとか、質素な食事をするとか、お経を読むとか、つまりはあらゆる意図され、エゴによって汚された行為とはまったく関係がないのだ、とシンランは言う。

デッパは長いあいだかかってようやく、父がたいした嘘つきであったことに気がついた。死ぬまで嘘を、幻想を守りつづけるのだろう――わが父の欲深く、せせこましい心にお慈悲を。だが大きなお堂の祭壇の中心に、ブッダはでんと座っている。にやにや笑いを浮かべたぽっちゃりした愚かもののように。そして、デッパの俳句仲間もみな、生きているものらも死んだものらも、素晴らしい愚かものたちなのだ。いまその刹那に人間であることの幸運に、デッパは微笑を浮かべた。

本堂を出て、わらじをはき、もくもくと線香の煙を上げている釜のそばを選んで腰を下ろした。足を組んで、提げていた袋を開け、墨をすりはじめた。筆を墨にひたし顔を上げ、またうつむいて、ぼろぼろになった日記に書きつけた。

有明ににきび面なり春の月
in the pink dusk / with pimples... / face of the moon

34. デッパの帰郷

デッパの帰郷はまったく調子の狂ったものになってしまった。
最初のおかしな出来事が起こったのは、将軍さまの街道をたどって、村につづく最後の曲がり角を抜けようとしたちょうどそのときだった。何とはなしに見覚えがある少年がひとり、向こうからふくろを担いで歩いてきた。ぼんやりと足もとを見ていた少年は目を上げて、デッパの姿を見ると、息を呑んでふくろを取り落とした。入っていた米が路上にぶちまけられた。少年は身をひるがえすと、もと来た方角へあたふたと走りだし、あっという間に丘を越えて消えてしまった。

デッパは、いったいどうしたのだろう、と不思議に思った。少年は間違いなく面倒な目に会うことだろう。よいご時勢でもないというのに、貴重な米を道に放りだしていくとは。デッパは米が盗まれてはいけないからとしばらく見張っていたが、いっこうに少年が帰って来る気配はなかった。肩をすくめて、デッパも丘をのぼりはじめた。

すぐに二番目の、じぶんの頭がおかしくなってしまったかとデッパを疑わせるようなおかしな出来事が起こった。カシワバラ村のはずれまでたどり着くと、とつぜん大きな叫び声が響いた。向こうから十数人の鎧かぶと姿のサムライたちが、長刀・脇差しをカタカタ鳴らしつつ、ドシドシと足音を立てて突進してくる。

デッパはふくろと杖をほっぽり出し、溶けかけの雪がいっぱいに溜まった路肩に飛びのいて、作法どおりにつっ伏した。軍勢が通り過ぎるのを待った。通り過ぎなかった。代わりにサムライたちは足を止め、デッパをとり囲んだ。四本の腕で和紙みたいにかるがると持ちあげられた。そのままふたりの逞《たくま》しいサムライの肩に担がれて、デッパは村へと運ばれていった。

「あっ、デッパだ！」

「帰ってきたぞ！」

カシワバラの全村民が狭い街道の両脇に鈴なりになって歓声をあげている。デッパの分かりやすい顔に驚きの色がありありと浮かんだ。

「よく帰ってきたな、せがれよ！」

デッパはじぶんの目を疑った。あれは本当にわが父だろうか、あのど貧民の農夫の？　村長の家の軒先で、得意満面の村長と、それにカガ公とのあいだに恐れおおくも座っている。

カガ公の家来が、軒先に置かれていた座布団のうえにデッパを下ろした。

「驚くにはおよばんぞ、デッパよ。村のみなにとっても、郷土の有名人を出迎えるというのはそうそうあることではないからの」カガ公が言った。

デッパは絶句したままだ。

「『柳に月』のことは憶えておるじゃろう？」父がたずねた。

もちろん憶えていたが、父の口からその題名が出てきたのには仰天させられた。この読み書きの出来ない農夫、生国からただの一歩さえ踏み出したことがない父が、どうして『柳に月』のことを知っているのだろう？　それはむかしむかしのある晩に、ミド、クロ、それにデッパの三人組がエドで巻いた連歌の名前だった。舞台となった柳のしたの小屋の主人、シロは司会役をつとめた。さむざむとした冬の月が出ていた。和紙と酒を回して、書きも書いたり、酔いも酔ったりだった。けれどもカシワバラ村のこの瞬間まで、デッパはそのときのことを思い返したこともなかった。

五歳ほどの子どもがわらが敷きつめられた道に立って暗誦した。

月影にごみ場の猫の舌つづみ

a moonlit gourmet... / cat / in the garbage

デッパは腰を抜かしてしまった。私の句だ！　どうしてこんな子どもが暗記していたりするんだ？

「せがれよ、おまえは有名人じゃからな！」そう叫んで、『柳に月』の手書き写本が去年のエドでひとからひとへ渡るうちに大評判になったのだと、父が説明してくれた。カガ公はデッパの名前を見とめ、あばら屋の裏に集まったイッサの弟子たちのことをしみじみと思い出し、『柳に月』を鳥やら花やら蛙やらの挿絵つきの豪華本に刷り直して、公じきじきの序文つきで出版することに決めたのだった。将軍さまのお膝もと、俳句が大はやりのエドで、これがセンセーショナルに売れに売れまくり、俳書の大ベストセラーになったというのである。

「この書のとほうもない成功を祝ってのう」と顔を輝かせながら父が言った。「カガ公がわしら一家の年貢を免除してくださったのじゃ」

「おまえの句の人気があんまり高いもんじゃで、続編も出とるんじゃぞ。『見えぬ猫』というて、まあ薄っぺらい本じゃがな」と父は誇らしげにつづけた。父から押しつけられたその本のページをさっとめくってみて、デッパはうす気味わるさを感じた。即興ふうに書かれた句の数々は、まるでじぶんが書いたのとそっくりなのに、作者であるじぶんが初めて見るものばかりだったからだ。続編に載っている句はデッパが書いたかもしれないように響くものばかりだった。エドのいずこかの偽造品細工師が、まったく素晴らしい仕事をしたものだなと思った。デッパ本人がいまだに自信を持てずにいる作風を、もののみごとにコピーしてしまっている。

軒先へつぎからつぎへと、うるし塗りの大きな盆に載せられた料理があらわれた。山の幸がふんだんに使われた温かく匂いたつご馳走だった。楽士たちが笛に太鼓のお祭りの曲を演奏しはじめた。カガ公お気に入りのエメラルド色と青のキモノを着た踊り子たちが踊りまわった。

ふと、デッパは大切な人物がその場に欠けていることに気づいた。いないのは……。

「イッサ先生はどこにおられるのですか？」

35. 連歌の会

セックスやトランプゲームやバーボン通りのカラオケでうたうのと同様、俳句創作は社会的活動である、とまえに書いたのを憶えておられるだろうか？ そのときにこそ述べておくべきだったと後悔しているのだが、それでもまったく触れないで終わるよりはマシだと思うのでここで述べておく。連歌の会のことだ。

創作グループ仲間のチャズが、私がニッポンに旅立つまえに、お別れディナーパーティーを開いてくれた。高級寿司レストランに、私と他の同僚ふたりを誘ってくれたのだ。私はちょうど俳句の故郷を訪ねる直前だから、せっかくの機会に、連歌をいっしょに試してみないかと提案した。

連歌は複数の作者が代わりばんこに句をつなげていく詩の形式である。実際には複雑なルールがあるのだが、私たちの場合は難しいことは考えずに、ただ黄色い法律用箋を回して、まえに書かれた句に応える句を書きついでいくということにした。

結果はおおいに盛りあがった。四人でウニやらタマゴやらをたいらげ、キリンビールを大瓶でぐいぐい流し込みつつ、めまいがしそうなスピードで俳句を吐き出し、吹き出し、書き出していった——。この連衆を、ミドなら気に入ってくれただろう。

最初から書いてみる。レストランに私が到着すると、チャズがもうテーブルを決めて座っていて、ビールの大瓶をまえにしていた。さっそく私も席に加わると、小柄なニホン人のウェイトレスが熱いおしぼりを手渡してくれた。顔にかぶせると——ほかほかしてまったくいい気持ちだ。おしぼりをとると——

＊＊＊

「デッパ！　ちょっとは集中せんかい！」クロの声がした。

「え？」

「また居眠りしてたのか。おぬしの番だよ」

デッパは手もとを見た。すでに和紙と墨、筆が目のまえの小卓に置かれている。

「ああ、こんな月夜に酒だもんな」ミドはため息をついた。「まったくたまらん取り合わせじゃないか！」

シロは白装束で、柳のでこぼこの幹のしたに立つ鉄の背骨の幽霊みたいに、ただ座っている。

デッパはそこまでの句を読み直した。ミドの発句は、

柳に月揺れたゆたふは酒の川
willow, moon / and a river... / of sake!

クロがそこに付けた脇句は、

灯りをつたふ夜回りの猫
tabby cat on moon patrol / stepping light

そして第三句の担当がデッパなのだ。

＊＊＊

ポールとバートがやってきた。バートがそれぞれに俳号をつけてみてはどうかと提案した。

「むかしのニッポンではそうしてたんですから」とは彼の言。「エゴの制約から解き放たれるためのひとつの手法ですよ」

バートは一年間まるまるニッポンに留学したことがあるので、エゴからかそうでないかは判断しかねるものの、この連歌の会を仕切りたがっているようだった。

ウェイトレスが近づいてきた。「何かお飲み物はいかがでしょう？」

赤髭のポールがやわらかい口調で、チャズと私が流し込んでいるのと同じ大瓶のビールを注文した。バートはニホン語を見せびらかしたいのだろう、「オサケ、クダサーイ！」と大声で言った。

「はい」ウェイトレスが答えて、引っ込んだ。

「サケにします」、バートが宣言した。「今夜のぼくの俳号は、サケでいきます！」

チャズは目を回した。連歌をはやく始めたくてたまらないらしく、法律用箋をペンでトントン叩いている。

「ペンネームはぜったい必要なの?」ポールがたずねた。

「いんや」と私。「もし使いたかったらどうぞ、ってとこ」

バートは顔をしかめた。

チャズがペンのふたを取って言った。「おれから始めるよ」

「待った!」とバート、もとい、サケがすかさず割り込んだ。「まず、主題を決めにゃなりません!」

チャズと私は目を合わせた。チャズがニッポン行きまえの寿司パーティーを提案してくれて、まず誘おうと頭に浮かんだのがバートだった。ぶ厚い黒ぶち眼鏡をかけた、骨太でがっしりした体格の男で、私が文学を教えている大学の新任講師だ。チャズは心理学の教授、ポールは教育学部で教えていた。バートは経済学者である。

「暗い水がテーマでどうでしょう。石を投げればとどく距離に、堤防と河原が見えていることだし」とバート。

「異論なし」とポール。

「何だっていいよ！」とチャズはもう書き始めている。

「待った！　待った！」サケが手をあげた。「形式をまだちゃんと決めてないでしょう！　本式の連歌はまずは、五七五音の発句から始まって、そのあとに短めの、つまり――」

私がそこで割り込んだ。「そんなこと言ってる時間はないって。ルールは簡単なものひとつでどうだい、書くのはひと息で読める短い句、ということで？」

チャズが賛成を表明、ポールもうなずいた。過半数で可決。で、連歌が始まった。

初めの句をカリカリと書いたあと、チャズが私に法律用箋のつづりを手渡して、ささやき声で言った。「規律《ルール》を重んじるっていったら、ナチスだってそうさ！」

＊＊＊

馬の毛でできた筆先を墨にひたして、着想を得るために月を見上げてから、デッパは句が流れ出てくるのにまかせた。

月影にごみ場の猫の舌つづみ

ミドのインスピレーションはいつもどおり酒杯からやってくる。一杯ぐいっとやって、書き出した一句。

句に蚊が群れてうら庭の月
backyard moon / mosquitoes rush the poem

クロがすかさず陰気な調子で応える。

ひとりとて生き延ぶるなき花の世を
no one gets out alive / blossom / world

＊＊＊

チャズの発句は、彼が創作中のスリラー小説の全ページでもおなじみの、血まみれでおどろおどろしいイメージでできていた。

闇に月血の玉のごと赤々と

red moon / like a blood-ball / in darkness

すばやく私がつけくわえる。

黒き川面のうえにかかりて

over a black river / it hangs

バート、もといサケがつぎの番だった。五七五シラブルを太い指を折って数えながら、ゆっくりと書きとる。

川の闇ゆれる光にわれ悔やみ

the river's darkness / silvered with rocking moonbeams / fills me with regret

ついで篓つづりを手渡されたポールは、バート／サケの凝りすぎた句のあとで、目の覚めるような自在さを見せてくれた。

月はまた満ち且つはまた欠け
a full moon again / horny / again

バートもふくめた連衆全員から、感嘆の声があがった。

36. ニッポンでの私

私はついにニッポンへとやってきた。たどり着いてすぐ、故郷に帰ってきた気分になった。

空港のあるナリタからトウキョウまで、ガタゴト音を立てて走るローカル線の電車に乗り、窓からの景色を眺めた。目に入るものみな——緑一色で広がる田んぼ、看板にのたくっているくねくねした文字、目に映るひとたちの漆黒の髪の毛も——親しみがあって、まったく好ましいものに見えた。じぶんが本当はずっと属していた場所に、まさにいまたどり着いたのだと思えた。

もしかして私は、デッパと同時代に俳人だったことがあって、いまの世に転生してとうとう母なる地へと戻ることができたのではないかしら？　ひとりでに微笑みが浮かんできた。それが真実でなかったとしても、心地よい考えには違いなかった。

ところがニッポンでは、私はいつも他所者《よそもの》として注目のまとになることになった。ほとんどの外国人客はナリタ空港からトウキョウまで、特急かそれともエアコンの効いた静かで快適なリムジンバスに乗って向かうのだが、私はもったりとした各駅停車の列車に乗り込んだのだ。小さな駅のひとつひとつにキイキイと音を立てて停車しては、またキイキイと音を立てて発車する。寿司づめのニホン人のなかで、外国人は私ひとりっきりだった。推測するに、全車両でもただひとりだったに違いない。

「ガイジン」というあの言葉が、劇中の脇ぜりふのように囁かれるのが一度ならずも聴こえてきた。しかし、私自身はいっこうに他所者《よそもの》だという気分はしなかった。色落ちした黒のTシャツと、よれよれのブルージーンズ、大きな青と白のリーボックスを履いた姿はたしかに目立ちはしたけれども。ほとんどの旅行者とは違って、ホテルの予約もせず、この国にひとりの知り合いもなく、計画も旅程も決まっていない。すでに暗くなりはじめているというのに、今晩どこに泊まって、明日はどこに行くのかさえ皆目見当がつかなかった。

旅行まえにニューオーリンズでビザの申請に行ったときのこと、書類にニッポンで泊まるホテル、あるいは泊まらせてくれる知人の名前と住所を書くように指示された。まえもってそうした段取りをつけずに旅行することは、まったく考えもおよばないというふうに。デッパの時代からニッポンもなんと変わり果ててしまったことだろう！ このジレンマは、ガイドブックを開いて初めに目に入ったホテルを旅先の住所とすることで乗り切った。

人生のほとんどを旅に過ごしたデッパと同じく、この三千世界のうちで今夜私を待ってくれているひとは誰もいないのである。私を迎えるためのひとつの提灯さえも——このさいは電灯でもよいのだけれども——どこにだって灯されてはいないのだ。

私は完全にひとりっきりで、そして、そのことに大満足だった。

混沌としたトウキョウ駅で地下鉄に乗り換えて、イケブクロという駅で降りてみた。照明の煌々《こうこう》とついた地下のショッピング街に入る。大波のような人込みに流され、コンクリートとガラスでできた大地の内臓から、エスカレーターに乗って、クジラに吐き出されたヨナみたいにぽいと投げ出された。

蒸し暑い空気と、ぎんぎらのネオン。車また車。人込みまた人込み。音また音また音——。

私はたどり着いた。私は帰りついたのだ。ここイケブクロに。

そして迷子になった。

37. 故郷でのデッパ

デッパは、あばら屋のある丘にのぼって行きたくてたまらなかった。村の本道で行われていたデッパの帰郷を祝う宴はすっかり終わっていた。両親はもう何刻もまえに家に引っ込んでいる。おまえは楽しむがいいよ、遅くなってもかまわんから。家に帰ってきたら、むかしの部屋を空けておくからね。くたびれきった老夫婦はそう言い残していった。

カガ公は惜しまれつつ逝ったミドと競い合うほどの宴会のプロフェッショナルだったが、その公でさえいまやあくびを噛み殺しているばかりだった。緑や青の提灯を先につけた竹竿を掲げているお付きのものたちは必死で眠気と戦っていた。照明がふわふわゆらゆらと揺れて、緑に青にと色どられた蛾たちが、狂ったように円を描いて飛びまわっていた。

笛吹きたちは息切れして音が掠《かす》れはじめていたし、太い腕の鼓手も力ないリズムをただたれ流しているだけだった。三味線弾きの女たちの指はしびれきって白くなり、弦だってすっかり弛んでしまっている。

「カガさま、何から何までかたじけのうございました」とデッパは言った。「でも、もうそろそろお暇いたします」

声のとどくところにいた楽士たちは、やれやれと感謝の笑みを浮かべた。

「よかろう」大名はデッパの肩を叩いて言った。「明朝、わしの宿にまで会いに来るようにな。話したき儀があるでな」

師匠のおんぼろ住まいへとつづくくねくねとした急坂を、デッパはのぼっていった。村人やカガ公の注視のまとであることに何刻も耐えたあとでは、くろぐろした影になった松のあいだをひとりで歩くのは良い気分だった。農家の犬が遠くで吠えている。フクロウがホウと鳴いた。そんな音の他は、じぶんが疲れた足を引きずる音だけしか聴こえない。デッパの耳にありがたい静寂が流れ込んできた。丘の頂上にある家にたどり着くころまでには、したの村でのおかしな宴会は、まるで馬鹿げた夢だったように思えてきた。それでも、とデッパは思った。師匠にひと目お会いしておくのがよかろう、もし起こしてしまったとしても。デッパを現実に引き戻してくれるのは、イッサのてらいのない態度以外になかった。

すすで黒ずんだ戸を叩いた。

ギイッと戸が開いた。

「何か御用ですか?」女性がたずねた。

デッパは腰を抜かした。真夜中に師匠の家の戸を開いた、この伏し目がちな美人はいったい誰なのだろう?

「あの、私は、その――デッパといいます。こんなに遅くたずねて申しわけございません。立ち寄ったのは、あのう、イッサ先生はお目覚めでしょうか?」

女性はにっこりと笑った。「あなたのことは存知あげておりますよ。うちの人のいちばんのお弟子さんですね」

デッパは思わず赤面してしまった。イッサ先生はじぶんのことを本当に「いちばんの弟子」だと言ったのだろうか？

この疑問はしかし、あっという間に、べつの質問に押しのけられてしまった。

うちの人、と彼女は言わなかったか？

38. パフィン版の翻訳

ニッポンを訪れた夏にはまだニホン語があまり読めなかったので、デッパと俳句芸術についての私の知識は翻訳から、とりわけいつも手もとに置いているぼろぼろのパフィン版ペーパーバックの『デッパ日記』から得たものだった。あらゆる翻訳と同じく、このパフィン版にも欠陥がある。原語に比べて音楽性に乏しすぎるし、専門家が見れば誤訳また誤訳のオンパレードらしい。それでも翻訳だけを見るかぎりでは、他のほとんどの訳より優れたものだと思う。

私はこのすり切れたパフィン版ペーパーバックを経典のように奉っていたので、トウキョウに来てからもそれを頼りに、定まることを知らなかったデッパの足どりをたどってみることにした。翻訳に欠陥があったとしても、私にとっては、かつてのニッポン、デッパやミド、クロ、シロが生きた国へのひとつの鍵だったのだ。イケブクロのネオンに照らされた雑踏で立ち尽くして、それがとっくのむかしに消えてしまったニッポンであることは骨身に沁みて分かっていたのではあったけれど。

幸運なことに、パフィン版の翻訳者は英語で、デッパの根なし草の感覚、足どりの軽さ、行き先も決めない旅にいつも心躍らせていたことなどをうまく表現してくれていた。小ぬか雨のなか、肩に重くのしかかる濡れた青いバックパックを背負って、私は何世紀もまえのニッポンでデッパが日記に書いた帰郷の夜の気分というものを、はっきりと理解することができたのだった。

＊＊＊

デッパは両親に別れのあいさつをしなかった。顔向けできないと思ったのだ。カガ公との明朝の約束も破ってしまった。カガ公の「話したき儀」というのはつまり、自由を奪われることだろうと推測できたからだ。大名はデッパを召し抱えたいと言うだろうし、そうなってしまっては断ることはできない。数時間体験しただけで名声というものに嫌気がさしていたデッパは、自由の旅路を求めたのである。

山に抱かれた生まれ故郷の村にもう心残りはなかった。月の見えない夜で、コオロギが狂ったように鳴いていた。デッパは涙を流して、俳句の師匠イッサと、彼の新しい奥さん、伏し目がちの愛らしいおキクさんに最後の別れを告げた。朝帰りになっても家に戻って一夜を過ごすつもりでいた。しかし、両親の家のまえを通っても――千夜のうちでたった一夜だけ、デッパのために窓に小さな明かりが灯してあった――彼の足は先を急ぎつづけた。肩をすくめて、じぶんの足の赴くがままに従うことにした。

そして、ふたたび戻ることはなかった。

＊＊＊

パフィン版の訳者の解説によると、デッパはいつもじぶんの足が向かう先がどこなのかをまったく知らなかった。例えば、新たな旅に出たこの夜がそうだ。それを思うと、慰められる気がした。私自身、トウキョウで最もにぎやかな場所のひとつであるイケブクロに、ホテルの予約もなしに来てしまっていたから。すでに夜九時、まともなホテルのチェックイン時間の六時をとっくに過ぎてしまっていた。照明の消えたフロントには「締切」の看板が掛けられている。私に読めるニホン語の文字はそれっきりしかなかった。

雨がそぼ降るなかを、けばけばしい赤の灯りのスナックやストリップ劇場ばかりの通りに入っていった。この辺りでは、いわゆる「ラブホテル」の看板の照明がつき始めていた。

私はそのうちの一軒にもぐり込んだ。くねくねした裏道のとちゅうで、誘うようにともっている「ホテル」の紫のネオンが見えたのだ。ロビーは天井から吊るされた裸電球の陰気な光で照らされていた。電球の黄ばんだ光は受付のお婆さんの顔に、まるで地層のように複雑な波状のパターンを描いていた。ガイドブックのうしろにあった「ホテルでの会話」のフレーズをそのまま読んでみると、幸運なことに通じたようだった。お婆さんは馬鹿でかい鍵を取り出すと、ギシギシいう階段を先に立ってのぼりはじめた。鍵を開けドアを開くと、パチリとライトをつけた。

内装はすべて、ランプシェイドから小さなテーブル、ハート型の大きなベッドからこれまたハート型の枕に至るまで、コットンキャンディのようなピンク色だった。ピンクの壁にかけられたはではでしい西洋風の絵には、曲線美あふれるヌードの女性がキューピッドや半獣神のあいだを踊りまわっているところが描かれている。早口で何か言われたが聞き取れなかった。それから老婆はおかしな探るような目つきをして、部屋から出て行った。

「待ってろよ、デッパ」と私は言った。「おれも、あんたのすぐうしろにいるからな！」嬉しいことに、ハーフサイズのピンク色の冷蔵庫には、私がいちばん好きな銘柄のニッポンのビールがいっぱいに詰め込まれていた。

39. せめぎ合う象徴

ひとの心というものは、象徴を弄《もてあそ》ぶようにできている。しかしながら、心のなかのコントロール好きで分析的な部分で、瞬間というもの、とくに俳句的瞬間をつかもうと思っているなら、用心することをおすすめする。そうした瞬間は、雌ライオンが近寄っただけでぶるぶる震えるガゼルのように、あっさりと死んでしまうものだからだ。そのあとで心の分析的な部分は、肉片に喜んでむしゃぶりつきながら、ひとりきりでも、周りに誰か聞くものがいた場合でも、「こいつはもう分かった！」とひとりよがりの満足を口に出すのだ。
だが本当は、それでは分かったことにはならない。
一例を見てみよう。つぎは、イッサの人気が高い句のひとつだ。

かたつぶりそろそろ登れ富士の山

オマハのイエズス会系の大学で受けた授業で、J・D・サリンジャーの小説『フラニーとゾーイー』を読まされたことがあった。そこに、このイッサの句の翻訳が使われていた。つぎは私による英訳である。

little snail
inch by inch, climb
Mount Fuji!

象徴による誤ったアプローチを説明するために、このカタツムリが富士を這いのぼっていく場面が何かを表していると考えてみよう。この表された「何か」を考えていただきたい。「すぐに分かるさ！」と理性は叫びだすだろう。「こいつは辛抱の大切さを表した寓話だ。カタツムリは「不可能な」目標に向かってゆっくり、ゆっくり進んでいく人間を表している。解説終わり」あごから血を滴らせて、理性は新たなる獲物、たぶん『ニューヨークタイムズ』紙のクロスワードパズルを求めてゆうぜんと歩み去る。

右のようにせっかちな判断を下してしまうと、イッサがとらえた一瞬の光景からさらなる意味を引き出す可能性を閉ざしてしまう。すべてが固定され、囲い込まれ、征服されて、殺されてしまうのだ。こんなふうな考えかたの人物がのちのち同じ句に、どこかの本のなかでであれ、記憶のなかでであれ出会ったとしても、もはや句そのものを体験することはできない。この俳句は彼／彼女にとってはすでに答えが分かったパズルでしかないからだ。「ああ、あれか。辛抱、辛抱ってやつね！」というわけだ。

だが俳句に対しては、もっと大らかなアプローチをとるべきなのだ。見つけたらやおら跳びかかるのではなく、句のなかの小さな主人公を真似て、ゆっくりゆっくり意味へとにじり寄ってゆくのだ。こうすれば、俳句、それにそこにとらえられた瞬間を本来そうであるべき、また実際はつねにそうであるような、生きたままの状態に保つことができる。

イエズス会系大学でこの俳句を初めて読んだときには、本当の富士山をカタツムリがよじのぼっていく場面がイメージとして浮かんだ。雪をかぶった富士山の威容は何度も写真で見たことがあったのだ。しかし、何年もあとでニッポンを訪れたとき、キョウト行きの新幹線で出会った熱心な俳句ファンは、この句は本当は寺の庭に富士を模してつくられた盛り土をカタツムリがのぼっていく場面を描いているのだと教えてくれた。もしそうであるなら、私の元の考えよりも、カタツムリがなそうとしていることははるかに容易であることになる。しかし、どちらのイメージでも句は読めるのだ。本当の富士であっても、偽ものの富士であってもよい。心に浮かんでくるイメージを取捨選択するのではなく、むしろすべて生かすのである。いますぐに目を閉じて、俳句がとらえた場面を思い描いてほしい。

かたつぶりそろそろ登れ富士の山

理性は縄を短くした首輪でつないでおくべきだ！　視覚的イメージにいさんで跳びかかったりしないように。そして俳句というガゼルの周りをぐるぐると回らせるのである。

獲物の動きを、足を蹴ったり、瞬きしたり、震えたりして、絶え間なく変わっていくようすを眺めるのである。

象徴を弄《もてあそ》ぶのはいいが、そのひとつを無理にがっしりとつかんでしまわないことだ。ひとつひとつ小川の石ころみたいにちょいと摘みあげて、調べて、また投げてもどす。そうしてまたべつのやつを摘みあげる。

さて、こっちの小石によると、カタツムリは俳句の旅を一生涯つづけた俳人イッサを表している。

さて、こちらの石はというと、カタツムリは読者であるあなたや私であって、イッサはこの瞬間をとらえることで、この一句を理解しようと馬鹿げた努力をつづける私たちをやさしくからかっているのだ。

さて、こちらによると、カタツムリはただのカタツムリである。以上。

おつぎは、カタツムリはブッダであり、ということは富士は世界であって、その山頂は至高の悟りを表している。

それとも、富士はただ富士である。

それとも、描かれた富士は私がニッポンで教えられたとおり、寺の庭のミニチュアの富士で、この句は人間がいかに誤った考えに導かれているかを示すものである。カタツムリはとんでもない思い違いにしがみついている、哀れな愚かものなのである。

それとも、句のなかの山は私たちひとりひとりの本当の自己の広がりであって、カタツムリは一度にひとつのことしか考えられないのろまな理性、ミドが「正しき心」と呼んでいたものを表しているのである。

それとも、禅の導師が思わせぶりに言うように、山などもともと存在しないのである。

それとも、カタツムリはイッサが抱いていた山の「概念」をのぼりつつあるのだ。

などなど、で、どこまでもつづけられるだろう。

分かっていただけただろうか？　俳句は生きているものであって、私たちが瞬間の深さというものを尊重しようと心がけてさえいれば、さまざまな意味を気前よく与えてくれるものなのだ。瞬間に対してたったひとつの解釈を貼り付けようなどと考えないことだ！　私自身はこれを、この本の内容が青いボールペンからひっきりなしに紙のうえに吐き出されてくるのを体験しつつ学んだのだ。始めのほうの章では、ブッダが私自身の人生のひと目では読みとれないアレゴリーを筆記させているのかと疑っていた。例えば、氷のように冷え切った城のなかを血のように赤いキモノを着て音もなく歩きまわる冷酷なスモモ太夫は、私の元フィアンセのナターシャを表しているものだと思い込んでいた。ということは、あの「老いらくの」カガ公が私だということになる！　だがそれも、このおかしな発想を脳みそで転がしている、ほんの短いあいだそう思えるにすぎない。

瞬間の、俳句の深みから象徴的意味を掬いあげるのは楽しいことだし、たぶん避けがたいことでもある。ただ、石ころのような真実を拾いあげたとしても、それに執着しないことが肝要である。すぐに流れに投げ、元に戻してやることだ。しがみついてはいけない。

40. わがニッポン滞在記から

六月五日。トウキョウ。曇り。

初めて、まるまる一日をトウキョウで過ごす。イケブクロの「ラブホテル」にて起床。部屋の内装はすべてピンク色で派手派手しいが、なかなか気に入った。あんまり気に入ったので、フロントの婆さんにもう一泊分の料金を払った。変な目で見られた。「相手もいないのにラブホテルに二晩って、このガイジンはいったい何ものだい?」と思われたのだろう。

老女の唇ルージュ塗られて歪みけり
the old woman's mouth / painted on / crooked

すでにニホン語が脳みそに沁み入り始めている。イケブクロ駅近くの交差点で、若い母親が子どもに「青!」と言っているのが耳に入った。ちょうど信号が緑に変わるところで、私はその意味が理解できた。「青」は「ブルー」の意味である。昔むかしには青と緑はひとつの色だったのだろうか?——いずれにせよ「オカアサン」の言葉が理解できたことに、私はすこぶる満足だった。

母の手握れよ信号赤から青になり
hold Mommy's hand! / the light turns / blue

本屋にいくつか立ち寄って、親切な店員が手渡してくれる俳句関連の本をすべて購入。ニホン語で書かれたそれらの本を、いつか読むことができる日が来るかもしれないではないか？　今朝のいちばんの収獲は、緑の人工皮革のカバーのぶ厚い『デッパ日記』である。マルゼン書店で立ち読みしていると、ぞくぞくと胸さわぎがした。行儀のよい縦書きで並ぶくねくねした文字を愛撫するように視線でたどってみる。敬意と興奮に満たされて、「これこそデッパ本人の言葉なんだ！」と思った。

五千の字「山」の一字を読み得たり
five thousand characters! / I can read / "mountain"

午後には、少なからず落胆させられた。わがヒーローたちが生きた古きよきニッポンの面影を求めて、地下鉄と徒歩で街を回ったのだ。まずはスミダ川沿いの柳のしたにあったはずの、シロの小屋を探してみた。ぎょうぎょうしくオフィスビルがそびえ立っている辺りを数ブロックうろついてみたが、小屋は影もかたちもなく――柳の木一本さえ生えていなかった。

まだまだ落胆してはおれぬと、おつぎはカガ公のエド屋敷を探してみることにした。パフィン版のカバーの内側に載っている地図によれば、皇居のお堀のサクラダ門あたりにあるはずだった。でもそこにあったのは交番のみ。かるく肩をすくめて、つぎの目標へ。

最後の目的地にとっておきを残しておいたのだ。デッパの庵だ。むかしは街の外だったけれど、いまやすっかり都市スプロール現象に呑み込まれてしまった場所にある。歳を経たデッパは、死ぬために愛する山を降りて、その場所をついの住処としたのであった。パフィン版の地図と地下鉄路線図を見比べて、さっそく出発した。地下鉄トウザイ線に乗り、正しい駅で降りて、喜びいさんで外に踏み出した。

口があんぐりと開いた。

目線の先に映ったのは、むっくりと建っているヨーロッパ風のお城だった！　尖塔がいくつもあって、明るい色の旗が風にはためいている。カメラをさげた旅行者が長い列をつくっている。

「デッパがこんなに人気があったなんて！」偉大なる成功を収めた田舎俳人のことを誇らしく思った。ところがである、英語の看板が掲げてあるのに気づいてしまった。

デッパの庵は跡形も残っていなかったのだ。「WELCOME TO TOKYO

DISNEYLAND !」

六月十日。ヒガシコガネイ。雨。

今日はヒガシコガネイを散策。トウキョウの西部にあるのんびりした心地よい雰囲気の町だ。朝、小雨が降ってきたので、「トミーズ・ロック・ボックス」という名前の小さな店に避難する。

そこで海藻サラダをつまみながら、紅茶を飲む。「トミーズ」の店内はうす暗かったが、首が可動式になっている読書ランプがテーブルのうえに青白い光を投げていて、ここ数日つけるのをサボっていたこの日記を書くのには充分な明るさである。

居心地のよい店だ。黒い壁に囲まれた小さな部屋で、テーブルはいくつかだけ。高解像度大画面テレビが据えつけられ、ミュージッククリップが流れている。低いカウンターの向こうには、押入れサイズのキッチン兼ＤＪブースがある。音響は芸術の域に達する素晴らしさだ。ベースが深くブンブンうなって、壁を震わせている。

ジミ・ヘンドリックスはまったくイカしている。

箸を使って皿から口に海藻を運ぶのは、ちょっとしたチャレンジだった。しかしウェイター兼ＤＪが、私がガイジンだという理由からだろう、置いてくれたフォークを使う気にはならない。これはプライドの問題だ。ぎこちない指に無理やり、慣れない仕事をさせる。

又フォークか吾は異人と知らされる
offered a fork / again ... I feel / foreign

『ファーサイド』を読解しようとして、可愛らしい若い女性が眉をしかめている。名前はユミというそうだ。英語の知識はなかなかのものだが、それでもコミックのジョークが分かるほどではない。タクシーにモビーディックを乗せようとする馬鹿馬鹿しさを説明してあげたのだが、まったく面白さが伝わらなかった。言葉の壁が大きすぎる。でも、デートの約束をとり付けるくらいには、壁を突破することができた。明日、彼女おすすめの近隣の山、タカオ山にいっしょにのぼることになった。

六月十一日。タカオ山。晴れ、暖かい一日。

ヒガシコガネイ駅で、ユミと待ち合わせ。そこから西へ向かう電車に乗って、終点のタカオ山口まで行った。ユミは毛羽の立ったピンクのセーター、ブルージーンズ、ハイキング・ブーツの出で立ちだ。

電車に乗りながら、つっかえつっかえの英語でもって、俳句が大好きなこと、とくに偉大なる俳人デッパの作品にほれ込んでいることをユミに伝えようと頑張った。でも彼女のほうはまったく興味がわかないようだった。ユミは新しいニッポンの子どもで、母国伝統の芸術より、マドンナやスパイス・ガールズが好きなのだ。

彼女は私のことを「オカネモチ」だと言った。そうではない、アメリカでは教師はたいした給料をもらっていないし、決して金持ちではないのだと説得しようとした。ところが彼女は耳を貸そうとはしない。

「アナタハオカネモチデショー」となおも食い下がってきた。金持ちに違いない、とっくに死んだ詩人の足跡をたどるなんていう、そんな酔狂な目的でわざわざニッポンくんだりまでやってくるんだから！

タカオ山口で電車を降りるとすぐ、青々と木が生い茂った麓の丘が見え、その向こうにでんとそびえる山と、そこから流れ落ちて町へと軽快に流れ下りてくる急流が見えた。ケーブルカーに乗り換えて、高いところにあるみやげ物屋兼レストランへ向かって山肌をゆっくりとのぼっていく。途中の絶景をぞんぶんに楽しんだ。着いてみるとまだ山頂ではない。山道を踏みしめながら、ときどき立ち止まって、天に向けて高々とそびえ立つ木――ユミは「スギ」だと言った――に驚嘆しつつのぼっていった。樹齢が古く立派な木の幹には、赤い飾り帯が締められていた。

「カミサマなのよ」とユミが教えてくれた。つまり、それらの年老いた木は、神として祀られているということだ。

笑いつつしぶきつつ谷を滝流る
waterfall smash, crash! / then down the canyon / laughing

頂上にたどり着くと、杉の大樹に囲まれた寺のお堂をいくつも回った。ユミは長い鼻の赤ら顔がついた土産もののキーホルダーを買ってくれた。そのしかめっ面をした鬼、テングは、彼女によると幸運を呼んでくれるらしい。私はお返しに、お坊さん手づくりのスケジュール帳をプレゼントした。

手をつないで山道を降りる途中、ユミが簡単なニホン語とさらに簡単な英語をおり交ぜて、いつかぜひあなたを訪ねてアメリカに行ってみたいわ、と言った。飛行機のチケットを送ってくれないかしら。

「でも、ぼくは金持ちじゃないって言ってるだろ!」私は抗議した。

ユミは私の手をぎゅっと握って、微笑んだ。

第三部

41. 世捨てびとカガ

あの忘れがたい春のこと、カガ公が世捨てびととなった。

デッパはその知らせに驚いた。世襲した家柄と財産を大名が捨て去ってしまうなんて、まったく気違いざただと思った。

「何かの間違いでしょう。本当にそれは、シナノの国のカガ公のことなんですか?」

デッパは宿の主人に念を押した。

太った顔に黒い髭をたくわえた主人は、黄色い歯を剥き出して笑った。「間違いありませんや。カガ公ですよ。山に入って、その辺の乞食みたいに暮らしているそうですよ」

「どの山でござるかな?」クロがたずねた。

主人はデッパとクロが茶をすすっている卓のそばの窓を開け放って、雪をかぶった富士山を指さした。

「あの山でさあ」

「でも、どうして?」デッパは知りたくてたまらなかった。

主人は頭をかいた。「まったく、気がどうかなされたんでしょうなあ」

「まったく」クロがうなずいた。

主人が料理をしに奥へ引っ込むと、デッパはクロに顔を寄せて言った。「お訪ねしましょう!」

「誰を? カガ公をかの?」黒ずくめの俳人はしかめっ面を見せた。「主人の言うことを聞いたろう。気が狂ったに違いござらんよ。危険かもしれん」

カガ公が重い年貢を免除して両親を助けてくれたことを、デッパはよく憶えていた。恩義を感じていたのだ。

「私は行ってみますよ」デッパは宣言した。

クロはため息をついた。残念ながら、若き友人はいまだ「無常」の心をつかみきれていないらしい。ブッダの夢のなかではすべてが儚《はかな》きものなのに。すべてのものは過ぎ去る定めであるし、カガのような暴君がそのままでいられるはずもない。だがデッパの決心は固く、議論の余地はまったくないようだった。

「よかろう。明日、富士にのぼるとしようか」クロが言った。

「あのカタツムリのように！」イッサ先生の有名な俳句を引いて、デッパが興奮気味につけ加えた。

「そのとおりだな、デッパよ。カタツムリのように、だな」

＊＊＊

カガ公は簡単に見つかった。神たる山の斜面をジグザグにつづく登山路を、デッパとクロはひたすらたどっていった。道々出会うひとたちに——ほとんどが巡礼者だったが——、頭がおかしくなった元大名が住んでいる場所をたずねていった。居場所を知っているひとがたくさん見つかった。それにみなが方角だけでなく、うわさ話をいろいろ聞かせてくれるのだった。

「もう肉体をなくしてさ迷うだけの亡霊だって聞きますよ」

「座禅を組んだ身体が光っていたって誰かが言ってましたよ。頭の周りに火が見えて、身体がふわりと浮かんでいたって！」

「私が聞いたところだと、満月のある晩に山のなかにひとりきり、オオカミみたいに遠吠えしていたそうですよ。——それに本物のオオカミが応えてたってんですから！」

「ただの馬鹿ですよ。頭がいっちゃったお馬鹿でさあ。行ってみて、金でもふんだくってくるかな！」

など、など。

デッパの好奇心はどんどんふくらんでいった。

「クロさん、ここまでで聞いた話で本当のことはあったでしょうかね、カガ公のうわさ話で？」

「分からんよ、デッパ。本人にたずねるがよかろう」

クロは岩場にできた洞窟を指さした。小さな焚火から細い煙が立ち昇っていた。火に当たっているのは、ぼさぼさの髪の、がっちりとした体格の裸の姿だった。元シナノの国の大名、カガ公に間違いなかった。

「よく来たな、おまえたち！」料理中の焚火から目を上げることなく、カガが大声で呼びかけてきた。「さあ、入れ！」

デッパとクロは、そこらじゅうに立っていたり倒れていたりの岩と木の幹でできた迷路を用心しいしい抜けて、ついに小さな焚火が踊っている洞窟のなかの空き地に着くことができた。そこでひざまずいて、カガ公と向き合った。

「カガさま」とデッパが言った。「またお会いできて光栄に存じます」

「さまづけだとか、馬鹿げた作法はよしてくれんかな」カガはそう答えながら、ゆっくりと細心の注意を払って木の棒で串刺しにした魚を回した。魚はほんのひと口で食べられそうなくらい小さかった。

「そのたぐいの生活にはオサラバしたんでな」とつけ加えた。

いつもは幻影の宇宙が投げかける空虚なまぼろしに超然たる態度をとっているクロも、今度ばかりは好奇心に負けてしまったらしく尋ねた。「いったいあなたに何があったんです？　すべてを手にしていたのに。権力、富、栄誉。このひどい世界では、そうしたものはどうせすぐに失せてしまうというのに、なぜわざわざじぶんから捨ててしまうような真似を？」

カガの風雨にさらされて肌は荒れ、やつれきった顔がくもった。その目は洞窟を埋め尽くしている岩と同じように、固く冷たく見えた。

「スモモ太夫のことは聞いたことがあるだろう、エドのあの名の聞こえた美人のことを？」

「太夫のことなら、あなたさまは忘れたものだと思っていたのに！」デッパは叫んだ。

何年もまえ、愛に飢えた夏の九十九日間、毎日一句ずつ、イッサによって牛の糞の山に埋め込まれた俳句のことを思い出していた。だが百日目にしての俳句開眼の一句は、カガ公の恋の病も吹き飛ばすものだったはずだ。

老いらくの冬の焚つけ積むばかり

「ああ、若き友よ」カガはため息をついた。「わしもそう思ったんだがな。スモモ太夫の考えは違ったようでな」

長い沈黙があった。小さなひと切れの魚は一塊の炭に変わってしまっていた。

「焼けたな」とようやくカガはつづけた。「三人で晩餐としよう。話のつづきはそのあとでな」

42. 九月のある日曜日

明るい空に切れぎれの雲が浮かんでいる。どんよりした空気を生ぬるい風がかき回す。樫の老木の葉っぱが震えている。スペイン苔の亡霊じみたカーテンが、サラサラと柔らかく踊っている。

素晴らしきニューオーリンズの九月。ああ、それに今日は日曜日だ！

私はさっそく俳句を書きに出かける。吟行だ。

しぜんと踏みだされる足を水先案内にして、私の心と身体は緑ゆたかなシティーパークにやってきた。詩想を得るには絶好のロケーションだ。

お互いの犬を撫で合う他人かな

petting / each other's dog / strangers

ピクニックのために建てられた白い柱のあずま屋、「列柱廊《ペリスタイル》」で足を止める。緑色の静かな池に向け降りてゆく広い階段のわきに、四頭のコンクリートのライオンが寝そべっている。私は太陽を浴びて温まったライオンの一頭のうえにあがり、カウボーイ風にまたがってみる。

「やっほーい！」私ははしゃいで言った。

このおふざけに驚いて亀が――ポシャン！――と跳び込み、うす暗い沼の底へと潜っていった。俳句にはぴったりのシチュエーションだ。尻ポケットに入れていたノートを慌ててとりだし、書きつける。

潜望鏡下ろして沈めしづめよ亀

down periscope / dive! dive! / turtle

ポストカード向けの情景だな。ライオンに乗った私が写りこんでいる――。でも何かが欠けている、と思考よりもさらに奥の「心」で私はそう感じる。空っぽだ。でも、なぜだろう？　今日のような詩的散策のための時間がたっぷり持てるような長期休暇がもらえるうえに、学期のあいだも融通のきく仕事に就いているのに。健康で幸福、俳句だってつぎつぎに生まれてくるのに。

「じゃあ、何が問題なんだ」そう声に出してみる。ライオンは答えてくれない。ゆうゆうと水面を滑っていくガチョウやマガモも何も教えてはくれない。間の抜けたガアという声。マガモがグーと答える。

百獣の王の背中から下りて、散策をつづける。

散らかして済まぬとフシアリの大工たち
"pardon our dust" / the fire ants build / their city

困惑したままでぶらつき回った。ひょとすると女っ気がないのが、このとつぜん刺すように襲ってきた空っぽな感覚の原因なのだろうか？　愛の不毛のなかで過ごすようになって、もう二年にもなる。日本から帰ってからしばらくは、ユミと連絡をとりつづけようと、ぶかっこうな努力をつづけてもみた。でも何度かの気の抜けた電話と手紙のあとでようやく、私は――そしてたぶん彼女も――二人の共通点がまったくといっていいほどないことに気がついたのだった。

何フィートかまえの枯れ枝に一羽のカラスが止まった。枝がぽっきりと折れた。カラスはバタバタ慌てふためいて、真っ黒の翼で何とか風をつかむと飛び去っていった。ばつの悪い思いをしただろうか？

枯れ枝に重すぎたるや間抜けがらす

too fat for *that* branch / crack! / crow

足のしぜんな運びのままに公園を出て、樫の影が落ちるキャロルトン通りを抜け、川沿いのパブへと向かった。緑のテントのしたで、外に置かれたテーブル席が私を手招きしている。

座るしかあるまい。

それから飲むしかあるまい、かな。

ほどなくテーブルについて、飲みはじめていた。ビールを一杯ぐいと飲み干す。二杯目もぐいと。

酔っぱらい腕に飲み屋の蚊をのせて
getting drunk / on my arm / the tavern mosquitoes

心がほっこりしてきて、優しい気分になって、腕に止まった蚊もいつものようにピシャリと殺してしまったりせず、血を吸うがままにさせてやった。アルコール入りの血で、蚊たちもハイになったことだろう。私がこのパブで飲んでいるあいだ、私の腕が虫たちのパブというわけだ。

「パブのなかにパブ」と独り言を言って、くすりと笑った。

私のテーブルのまえにキイとブレーキ音を立てて、サクランボ色の車高の低い車が止まった。黒くシールドのかかった窓がするすると下ろされる。顎のとがった可愛らしい顔が見えた。助手席へと乗り出すようにして私のほうをのぞいた運転手の顔がにっこりと笑っていた。

元フィアンセのナターシャの顔だった！

欠けていた何かが見つかった。

「ちょっと、何してんのお？」彼女の明るい声がした。

43. スモモ太夫の浮世

三人は小さすぎてすっかり炭になってしまった川魚の「晩餐」を終えた。デッパにひと口、クロにひと口、元大名にして裸の世捨てびとカガが残りの半口をかじった。

「ああ」舌なめずりしながらカガが言った。「美味かったな！」

「カガさま、ご親切に感謝いたします」デッパはおじぎをした。

「デッパよ、言わんかったかな、さまづけはもうなしじゃ」カガは骨の浮き出た人差し指を若き俳人のまえで振りながら言った。「どうしても尊称をつけたいというのなら、〈馬鹿の〉カガとでも呼んでくれ！　頼むから！」

「馬鹿のカガ」クロは小声で言うと、そのおかしな響きにくすりと笑った。

「でじゃ」馬鹿のカガが言った。「事の顛末《てんまつ》を聞きたいかの。男と女、それに入れ墨のお話じゃ。聞きたいか？」

「そりゃあ、もう！」デッパは言った。

「このお話の始まりはだ、ヨシワラからじゃ」

クロはなるほどなとうなずいたが、デッパはわけが分からないという顔をした。クロがそれを見て言った。「ここにおるわれらが若人は、ヨシワラの〈ウキヨ〉の意味を知らんらしくみえますな」

「じゃあ、わしが教えてやろう」とカガ。「ヨシワラとはじゃ、デッパよ、将軍お墨つきの花町じゃ。うえに尖った杭のついた高い塀に囲まれて、立ち並ぶ遊郭の町がそれだけでひとつの世界をつくっておる。そこでは夜ごと、ニッポンの津々浦々から選りすぐられた美女たちが三千人も集って、商売に精をあげておるのじゃ。踊り子、歌い手、三味線弾き、高級娼婦、芸者に売春婦なんでもござれじゃ。まったくの浮世じゃな。ああ、デッパよ、いつか訪ねてみるがいいぞ。おまえほど若かったら、あの場所を楽しみつくせるだろうよ。

さて、わしの話に戻ろうか。

何年前になるかな、そのヨシワラでスモモ太夫に初めて出会ったのは。だがこの女人はよくおる「夜の女」とはまったくちがっておった。おお、ちがっておったな。母親の代からの高級娼婦で、おぬしが妄想をいくらこねくり回しても思いもつかんような魅力がある、極上の女じゃよ。あれほどともなると、恋文やら贈り物やらで気を惹いてからでないと相手にもしてもらえん。宝石だとか、美術品、金の鳥籠に入った小夜鳴き鳥だとかな。だがなんといっても、スモモ太夫のご所望はじゃ、これが詩歌なのじゃな。最初はわしもうまく取り入れたのじゃ。贈り物をどっさりとしてな。夜な夜な太夫の館の月が照らす軒先に座って、酒を飲みながら、はした女たちの踊りや音楽を楽しんだもんだ。じゃがある晩、スモモ太夫は、わしが贈ることができんもんがほしいと言う。冷たい声で、さらに冷えきった凍るような視線を投げて、わらわを褒めたたえる句を捧げてたもれ、ときた。わしがその望みを果たすまでは、一身を捧げる気にはとてもなれぬと言う。

デッパよ、おまえに初めて会った夏に、わしがわざわざカシワバラまで出向いて、達人イッサの教えを仰いだのはそういうわけがあったのじゃ」

カガは口をつぐんだ。もともと小さかった焚火がかすかに赤く燻《くすぶ》るだけの熾火《おきび》になってしまっていた。迫りくる夜の冷気を感じて、デッパは旅の上着のなかで肩と首をすぼめた。裸同然のカガがどうやって、山を吹きすさぶこの木枯しに耐えていられるのだろう、と不思議に思った。

クロがカガに話をつづけるようにうながした。「なるほど、思いびとの心を得るために、俳句を学んだわけでござるな?」

カガはうなずいた。目は煙にいぶされて真っ赤になっていた。口はかたく閉じられている。かつてのカガの面影がふとよみがえった。恐ろしく、冷酷な大名。村ひとつをまるごと、鉄のこぶしの一擲《いってき》で打ち砕いてしまいそうな。

「入れ墨じゃ」歯のあいだからシューと息を吐き出しながら言葉を押し出した。「まず、そのことを話さんといかんな」

44. 入れ墨

私は席から立ちあがって、サクランボ色の車に歩み寄った。

「君こそ、ニューオーリンズで何してるんだい?」

「私、ここに住んでるのよ」わが元最愛のひとは答えた。「ほんとに、このすぐ近所なんだから。もう越してきて半年になるわ」

その言葉は私の胸にグサリと突き刺さった。

半年も！　それで一度も電話をくれなかったって？

ところがじぶんの感情のストックから適切な感情を選びだそうと――「煮えたぎるような怒り」か「まっとうな自己憐憫」かのあいだで引き裂かれて――四苦八苦しているあいだに、彼女はつづけて言った。「いっしょに飲んでもいいかしら？　むかし話もいいものでしょう？」

わが心は一瞬で、溶けたバターみたいにめろめろになった。この女性を拒絶するなんて不可能だ。一度はわが恋人だったのだから。

「もちろん」

緑のテントのしたのテーブルにナターシャといっしょに座って、午後いっぱいをのんびりと過ごした。話した。いちゃつきあった。ビールをしこたま飲んだ。

それから、やさしくキスを交わしさえした。

＊＊＊

あばら屋の裏の牧場でイッサ俳句学校の卒業証書を受けとったあと、カガは素晴らしい湖上花火大会でお祝いをした。だがそれはもう読まれたことと思う。

じぶんが勘違いのおろか者だったとつくづく悟ったカガは、スモモ太夫を忘れようと固い決心をした。春になって将軍さまのお膝もと、騒々しいエドの屋敷へ戻るころには、その決心をすっかり成し遂げていた。長きにわたって執着してきた女の影を、心のなかからさっぱり洗い去るのに成功したのである。

そしてカガは心しずかに日々を暮らした。あの日までは——。

友人やお付きの者たちと茶店に腰を下ろしていたカガのまえに、ぴかぴかの赤い駕籠がギシッと音を立てて止まった。駕籠は日焼けした四人の担ぎ手のたくましい肩にのせられて宙に浮いたまま、大名が陣取った卓に濃い影を投げかけた。長くてドラマティックな静寂のあと、小さな黒い窓おおいが開いて、そこから象牙のように白くて細い腕がすっと垂れた。カガが仰天したのは、その腕に濃い青の文字で、カガ自身の名前が大書されているのが見えたからだ。

駕籠にも腕にも見覚えがあった。他でもないスモモ太夫のものだ。その美しい柔肌に、「カガ」の二文字が、世のすべてのひとよ、見よ、と言わんばかりに太々と書かれていたのだ！

カガはうっとりとした。腕が引っ込んで窓が閉まると、駕籠はゆらゆら揺れながら遠ざかっていった。しかし、カガ公の脳裏には入れ墨の文字がふかぶかと刻まれて、その意味はまったくもって明らかだった。太夫がわしにまた会いたがっている！　肌に名前を刻み込むほどなのだから、そうでないわけがない！

カガは喜びを隠しきれなかった。周りにいた、少なくとも勘のニブくないものらは何が起こったかをすっかり理解したが、礼節を守ってそれを口に出すのをはばかった。カガ公は酒をぐいとあおると、茶店にいるものも、たまたま外を歩いていたものもみな含めて、彼の奢《おご》りで一杯の酒を飲ませてやるようにと指示を出した。それから予想もしなかったことをやってのけた。いちばん若い愛人にその場で暇を出して言ったのである。

「村に帰るがよい。おまえの両親の借金はなかったことにしよう！」

45. 新たなる血

われらがささやかなる創作グループは、もうその役目を終えていたのかもしれない。けれども毎週木曜日の午後の集まりは、イッサの飼い犬ムクが骨に喰らいつくくらいにしつこくつづけられていた。メラニーがグループを（まるで彼女が古きよきニッポンから消え失せたのと同じくらいとつぜんに）抜けてしまったが、私たちはすぐ彼女の代わりになる新たな血を注入することができた。静かで内省的なポール、先の章での寿司レストラン連歌会に参加していたあのポールである。

メンバー構成はまえとは違って男女間のバランスが取れていないものの、グループはポールの存在感によってまるで生まれ変わったように盛りあがった。これは単純に、新しいメンバーが新たなる血をもたらしたというだけなのかもしれない。新しい目が私たちのかわいい子どもである原稿に注がれた。新しい声がやさしく、ほとんど謝るような調子でやんわりとした指摘をしてくれた。ここの単語、ここの文は変えたほうがいいかもしれないね――。例えば、あなたがいまお読みになっているこの文章も、ポールのおかげでみごとな改稿をほどこされたのである。

この私の文章は私自身がでっちあげたものではなくて、本当はあの世にいます見えざるブッダからノンストップで湧き出てくるおしゃべりを書きとめたものなのだということは、最初にポールが参加したミーティングでしっかりと説明しておいた。

「そうかい」とポールは、疑いも皮肉もまったくこもらない調子で言って、赤土色の髭をなでた。

生まれ変わった創作グループで先週私が提出したのは、カガ公がかつての愛人の腕に青く入れ墨された彼の名前を見てしまうくだりだった。

「……村に帰るがよい。おまえの両親の借金はなかったことにしよう！」読み終えると、私はミッキーの家のコーヒーテーブルにトンと音を立てて原稿を置いた。

チャズがまず口を開いた。「それで終わり？」

「どういう意味だい？」と私はたずねた。

チャズは髭の剃りあとが残る顎をさすった。「つまり、ここは大事な場面だろう。彼女はどこに行ったんだと読者に何カ月もやきもきさせたあとで、やっとスモモ太夫が再登場したわけだ。それなのに、腕がちらりと見えて、それで終わりなの？」

「ちょっとがっかりだわ」とミッキーが同意した。冷静な灰色の目が読書用メガネを通してこちらを見ている。

ポールはいつもは「あくまでぼくの意見だけど」とか「べつの観点から言うとね」とか「こんな言い方もあるんじゃないかな」とかいったクッションを入れてくれるのに、今回だけはぶっきらぼうに他のふたりの尻馬に乗った。

「ここは弱いね」とポール。

「弱い⁉」

ポールが咳払いをしてからつづけた。「スモモ太夫がもう少し出てくるんだと思ったよ。駕籠から降りてくる、とかね。何かを言うとか」

「カガ公にメモを渡すとかもありかな」というのはミッキーの提案。「あなたの文章ではいつも女性の声が消されてしまうのよね。ここまでで言うと、スモモ太夫ってちょっとアポリアなんじゃないかしら」

「え、何じゃないかって？」と私は訊き返した。

「アポリア、つまり不在ってこと。そこに欠けている何かのことね」

チャズがうなずいた。「しゃれた言葉でどう言うかは知らないけど、読者としては騙《だま》された気になるね。さんざ期待をあおっておいてさ。その女をもっと出せ！　って叫びたいね」

私は言葉が見つからなくて、いつもの但し書きを何とか口に出した。「この文章では、ぼくはブッダの言葉を速記しているだけだって、みんな知っているだろ」

「ブッダはこのグループのメンバーじゃないでしょう」ミッキーが冷たく言い放った。

「じゃあ、君が書いてみたらどうなんだ?」私は苛立《いらだ》って言った。

その時だ、素晴らしいアイデアが頭に浮かんだ。

「それだ!」と私は叫んだ。「君たちめいめいが茶屋で何が起こったかを、君たちの見解で書いてみてくれないか!」

わけが分からないという表情でみんながこっちを見つめる。

「それをつぎの章にしよう。あれだ、ジャズ・ミュージシャンが舞台そでに引っ込んで、ゲスト演奏者にジャムしてもらうみたいな感じさ。つぎの章は君たちが書くんだ。ぼくはそでに引っ込んで、ゲストの君たちのお手並み拝見というわけだ!」

三人はこいつ頭がおかしくなったんじゃないかというふうに私を見た。ところが一週間後にグループが集まってみると、三つの原稿がきちんとプリントアウトされて揃っていて、それぞれがむかしむかしの古きよきニッポンで、とある春の昼下がりに「本当に」起こったことを語ってくれていた。

46. 飛び入りゲスト執筆者たち

チャズ描くところの茶屋の場面は、暴力いっぱいで血しぶき飛び散るものだった。いつもの彼の「進行中の作品」、アーカンソーの怪物を切り刻むのが定番クライマックスのSFスリラーそのままだった。

＊＊＊

カガが手もとの茶から目を上げたそのとき、天井が崩れ落ちてきた。裂けた木や青いホウロウの破片のみぞれのなかを、巨大な人間の影がバラバラと降ってきた。鎧かぶとのサムライたちが刀を抜き、カガをとり囲んだ。

敵か！　とカガは残忍な笑みを浮かべた。

「死ぬにはいい日だぞ！」カガは叫びながら、跳びあがって戦闘体勢に入った。すらり

かかる。

と流れるような動きで、長短の鞘から刀と脇差しを同時に引き抜いた。

銅に似たアドレナリンの味が口に湧いてきた。つばをペッと吐き出すと、前方へと跳びかかる。

払い、押しのけ、突きを入れる。刃の描く残像が空気を幾重にも切り裂いた。飛び出す敵の目玉。のどもとがぱっくりと赤い本のように口を開ける。血しぶきのなかを、刀を握ったままの敵の腕がゴロゴロと転がっていく。

卓を踏みわり、食器を砕いて、戦いの舞台は茶屋から通行人行きかう通りへと移された。群衆が悲鳴をあげながら、ひらめく刀を避けようと逃げまどった。

静寂。舞っていたほこりが地面へと落ちていく。カガを襲ったうち、八人の男たちは死に、あるいは虫の息で横たわっている。まだ立っている四人が、肩がお互いつくくらいによりかたまって、へっぴり腰で近づいてくる。

「来い！」カガがあざけるように言い放った。

その瞬間、徒党を組むことで保っていた勇気も消え去って、暗殺者たちはきびすを返すと、われ先にと逃げ出した。そのうちのひとりが近づいてきた駕籠にぶつかった。

駕籠が傾いて倒れそうになった。赤い絹に包まれた身体が御簾からこぼれ落ちて、カガ公の腕のなかにスッポリと収まった。

「お訪ねくださり光栄ですよ、スモモ太夫」とカガは言った。

＊＊＊

ミッキーのヴァージョンは、彼女のいつもの自伝的小説と同じく、文章の切れっぱしがちりばめられて、不安が基調となったものだった。

＊＊＊

飾り立てられた駕籠のなかで。混雑した狭い通りを漂っていく。歴史に浸りきった将軍さまの都。

「どうしようもないの、タカコ、もうどうしようもないのよ！」スモモ太夫は身を震わせた。

召使いの少女は押し黙ったままうなずいた。太夫と向かいあい、暗闇に身をすくめながら。

「何をしても無駄、奈落――そして死よ――意味のない苦しみなのだわ！」

タカコはカミュの小説のなかの疫病患者のように顔青ざめて、でも押し黙ったまま。

「これが見えて?」スモモ太夫が腕をすらりと伸ばした。入れ墨が現れる。まだ生々しい傷のようだ。顔料をこめた針の痛みが残るひとつひとつの気孔。

「あのかたの名前よ、タカコ、私のものでなくて! 私自身の体に刻みこんだの——」

さらに青白くなるタカコの顔。暗闇のなかで凍りついて。

「私が求めすぎたとでも言うのかしら? 英雄はもうこの世にいないの? タカコ、私を見なさい。彼の名にされてしまったのだわ、私は! 下手な俳句ひとつをほしがっただけなのに!」

駕籠が傾いて、止まった。

「着いたわ」スモモ太夫はため息をついた。御簾を押してできたすき間から、外をのぞきやる。

「あそこにいるのが、その人よ。まるまると太って、満足しきって。取り巻きや女たちに囲まれて座っている。あのぼんやりした頭のなかに、私の占める場所などないのだわ!」

太夫は御簾をうえまで巻きあげた。腕を突き出す。みなが、とくにあの男が誤解するに違いない馬鹿げた紋章が、外からしっかりと見えるように長くながく垂らす。

「これでいいわ」とタカコに言うと、駕籠の担ぎ手に命じた。「出しなさい！」

＊＊＊

ポールがいま執筆中なのは、ミシシッピでの少年時代を書いた回想記だ。その温かいトーンとゆうぜんとした展開は、彼の描く茶屋の場面（未完）にも見ることができた。

＊＊＊

そのころの私のいちばんの親友は魚屋の息子で、ぽっちゃり太ったひと好きのするやつだった。私たちはみんな、彼のことをマグロと呼んでいた。遊びに行くときに家から魚の切身を持ってきてくれたから、というよりは、毎日魚を食べさせられていたからだろう、身体からマグロみたいな臭い、それも決してよいとは言えない臭いがしていたからだ。

私は同い年のマグロのことをリーダー、センセイとして尊敬していた。なりのでかさというのがものを言う時代だったので、近所でいちばん大きな少年であるマグロがボスになるのは当然の成りゆきだった。

ある春の昼下がりのこと、マグロが金持ちや有名人を乗せて狭い通りを往来している駕籠かきたちにいたずらをしかけようと言いだした。

「ちょいと騙《だま》くらかしてやろうぜ、なあ」そう言って笑うと、一本欠けた前歯がのぞいた。

前歯がないのにはちょっとしたわけがあった。

マグロの父親は魚屋で、厳格で信仰心が篤いことで有名だった……。

47. セックスの章

ナターシャとふたりで緑のテントのしたに座り、有頂天に酔っ払って熱くねっとりとしたキスにぞくぞくしながら、「ぼくのうちに来ないか」と誘ってみた。

言い終わるか終わらないかのうちに、ナターシャは席から立ちあがっていた。「私の車で行きましょうよ」

かつてのフィアンセの目の輝きで、私はすべてを了解した。私を求めているのだ。愚かな私はその願いを叶えようと決めた。

でもそのまえに、指輪の問題が残っていた。

ふたりが婚約中で幸せだったころ、かなりの借金をして、幅広のプラチナにフルカラットのダイヤがついた指輪を購入したのだった。婚約が解消されたときには、ついていないことに、その永遠のものと思っていた愛の証しの代金を全額払い終えてしまっていた。その後、ナターシャはふたりの最後のぎこちない長距離電話の会話で、指輪を「なくして」しまったと主張していた。

いま私たちは裸で、わが家の布団にくるまって、お互いの身体を飢えた指と舌で思い出していた。どうしてもたずねたくなった。知りたくてたまらなくなったのだ。

「ナターシャ」と彼女の耳にささやいた。「本当はどうなったの、あの指輪は?」

ナターシャは腕を私の身体に巻きつけて、とがった顎を私の首のくぼみに押し当てた。身体が小さく、そしてついにはカタカタと震えはじめた。

泣いていたのだ。

＊＊＊

カガ公は絶世の美女、ヨシワラのスモモ太夫を訪ねてみることにした。何といっても、彼女の愛らしい腕に彫られたじぶんの名前を目にしてしまったのだから。

それでもすぐに飛んでいくのは我慢した。がっついていると思われたくなかったのだ。

「一週間待とう、それからヨシワラにぶらり立ち寄ったふりをして、そこで何げなくスモモ太夫を訪ねるとしよう」

見事な恋愛のかけひきだ、とカガはご満悦だった。

貸し切りの屋形船でヨシワラの近くまでやってきた。漕ぎ手が櫂をあげると、カガ公の心は期待でドキドキと高鳴りはじめた。

舟着き場に着くと、大名は旅の最後を締めくくるために馬を駆り、水の張られた田んぼのあいだを抜ける道をとった。すぐに、花町を取り囲んでいる高い柵が見えた。

門番はこのむかし馴染みの客をにこやかに迎えた。門がギギッと開かれた。

カガ公は門を抜けて入っていく。

＊＊＊

指輪の件については、ちゃんとした答えをもらうことができなかった。ナターシャはしゃくりあげながら、「ほんっとにバカで」とか「うまく言えないの」とか「みんな私が悪いの」などと切れぎれのフレーズを並べるばかりだった。それでもかまわない気がした。ひとりの時間を長く過ごしたあとで最愛のひとと愛しあえるんだから。一秒たりともそれを遅らせたくなかった。

ふたりは完ぺきに、ぴったりと噛みあった。温もりに満ちて、素晴らしいひととき。こんなに温かい、素晴らしいことがあるのを、私はずっと、すっかり忘れてしまっていた。

そして私もたまらない気持ちになって——ナターシャがいまし方までそうだったように、激しく震えながら泣きだしてしまった。

まるであの老いぼれのように。

馬鹿《ばか》のように。

カガ公のように。

＊＊＊

屋形船に戻るまで、カガ公は黙りこくったままだった。血の気の引いた顔はいかめしく歪み、背中をきゅうくつなほど丸めて、船に乗り込んだかと思うと座布団のうえにばったたり倒れ込んだ。

しばらく宙をじっと見つめたあと、カガは「帰るぞ！」と漕ぎ手を怒鳴りつけた。

軒先で血のように赤いキモノを着て座っているスモモ太夫の姿を、その甲高い笑い声を何とかして忘れたかった。そこで太夫は老いた客のひとりと百人一首をして遊んでいたのだった。

カガを打ちのめしたのは、彼女が他の客をもてなしていたことではなかった。今夜行くという約束をしていたわけではなかったのだから。カガは足音を忍ばせながら、吊られた提灯のぼんやりとした明かりに青く染まった軒先へと近づいた。

スモモ太夫はカガには気づきもしなかった。遊びにのめり込んでいて、くすくす笑いながら客と冗談を交し合っていた。客はカガも知っている、エドでも有数の豪商のひとりだった。

嫉妬のせいでもなかった。嫉妬なら耐えることができただろう。

カガが耐えられなかったのは、太夫の腕を見てしまったからだ。ほんの七日まえに駕籠の御簾から出されたあの真っ白な腕だ。腕はあくまで白く、まったくの白一色であった。名前はどこにもなかった。入れ墨などなかったのだ。

一週間まえに見た入れ墨は偽ものだったのだと、いまさらながらにカガは気づいた。それは将軍さまの非情な都の、非情の極みにある町ではお馴染みの、酷薄な冗談のひとつにすぎなかったのだ。

翌日、カガはエドを去って、そして、隠者となった。

48. マリー夫人

まったくもって無念なことに、私自身およびカガ公のロマンスをくまなく語ろうと力を入れすぎたせいで、俳句作法についての助言をはさむのをここのところすっかり忘れていたのにようやく気づいた。俳句の構造について論じるのは、もういましかないだろう。

だがその前に、ちょっとしたエピソードを。

私が七年生だったときの英語教師マリー先生は、つぎからつぎへといろんな創作体験をさせてくれた。あれは十月のことだったが、落ち葉についての詩を書くようにという課題が出された。私はそのころ、スージー・ワイズデッカーというういちばんまえの席に陣取った、ベッコウ縁のぶ厚い眼鏡をかけた、頭がよくて内気な少女にぞっこんだった。いつものとおり彼女の作品が一等賞だった。その詩は完ぺきに、二行一組の韻を――「茶色の《ブラウン》」が「したの《ダウン》」、「落ちて《フォール》」が「すべて《オール》」、「木かげで《トリーズ》」が「そよ風で《ブリーズ》」などなどというふうに――踏んでいて、ページの隅っこには、金や赤の紅葉の葉っぱが器用にホッチキス留めされていた。

その日提出した私の句は、霧深い森をゾンビに追われて逃げまどう男についてのおどろおどろしいバラッドだった。劇的な最終連で男はゾンビに捕まって、脳味噌を貪り食われてしまうのだ。チャズなら気に入ってくれただろう。

マリー先生がスージーの葉っぱの縁どりつきの傑作を賞賛し終わると、つぎに褒められるのは私の作品に違いないと思った。そのころにはすでに、私はじぶんを作家であると考えていたのである。しかし、マリー先生は私の血染めのバラッドを褒めてはくれなかった。私の作品、わが詩人の魂は、口紅みたいに真っ赤なマジックで「Dマイナス」と書かれて返ってきた。ネズミの死骸を持つみたいに腕を伸ばして私にそれを手渡しながら、先生は言った。「何てせせこましくて、捩じくれた心をしているのかしら、この子は！」

マリー先生のつぎなる詩作課題が俳句だった。一週間「自然のなか」を歩きまわって、

「ハイク詩」を書いてきなさい。

「かならず三行で書くようにしなさい。最初の行は五シラブル、第二行は七シラブル、そして最終行が最初の行と同じ五シラブルですよ、分かりましたか、みなさん?」先生は黒板にこの大事な三つの数字を書いた。「質問はありますか?」

頭にはやまほどの質問が浮かんだが、それを口に出すほど私も馬鹿ではなかった。シラブルを勘定して自然を題材にする、そのうえさらに、その当時の私が「クール」だと思っていたモンスターだとか恐竜だとかスパイだとかを押し込めるのが不可能であることは明白だった。

クラス最高の俳句を書いたのは、順当ながら、ホッチキス使いの女詩人スージーだった。マリー先生が彼女の句を取りあげて話すのを聴いていると、まったく古今東西でいままでに書かれた俳句のなかでも最高傑作であるように聞こえたものだ。スージーのお母さんが育てている庭のバラについての句だった。縁どりとして、真紅のハート型の花びらがホッチキス留めされていた。

ずっとあとになって、私が瞬間をとらえる俳句芸術というものを真剣に勉強しはじめると、俳句の基本はシラブルを数えることにあるというマリー先生の教えかたは本末転倒だったことに気づかされた。このアプローチにはふたつの問題点がある。ひとつは、俳句の精神は事物そのものの本質であって、音を指折り数えることではないということだ。
第二の問題点は、私たちが使う言語である。日本語ではだいたいの場合、単語に含まれるシラブルの数が英語よりも多くなるのだ。例えば、イッサによるつぎの俳句を見てみよう。

馬の屁に吹とばされし蛍哉

この三行を英語に直訳してみるとこのようになる。

（1）by horse's fart　　[馬の屁に]
（2）blown　　[吹とばされし]
（3）firefly!　　[蛍哉]

真ん中の行に注目してもらいたい。日本語であれほど長かったものが、英語ではたった一シラブルのみで済んでしまうのだ。〈フキトバサレシ〉の七音が〈 blown 〉だけで済んでしまうのだ。
それでは、マリー先生の指導に従って、この俳句を英語の十七シラブルで翻訳するとどうなるだろうか。

by the horse's fart
blown far away, far away...
the little firefly

余計な言葉が多すぎると思わないだろうか？　シラブルを数えるよりも、ひと息に楽々と読みくだせることのみを俳句のルールとしたほうがよさそうだ。ひと息をいつもどおりに吸い込んで、あなたが書かれた俳句を読みあげてみるといい。最後まで息が切れてしまうことがなければ、その句はたぶん悪くない。
この蛍の句の訳で、私自身がいちばんよくできたと思っているのはこれだ。

blown away

by the horse's fart
firefly

付け加えるに、ひと息で読めるというルールの他にもうひとつだけ、俳句が俳句であるための構造的要件があると私は考えている。良句には何かを発見したという感覚、それを与えるキメの言葉、「ああ!」と読み手をうならせるようなイメージやアイデアが必要なのだ。

隣りをゆく車にのぞくチワワの顔　　――私
faces in the next car / one / a Chihuahua

凍てつくや雁の湖水に産む卵　　――クロ
it's a cold world— / goose egg / in the lake

酒場のそと人待ち顔の犬二匹　　――ミド
outside the tavern / two dogs / wait

蠅の目はあぶくの如し赤々と　──デッパ
a red glint / in its bubble-eye / fly

稲妻や狗ばかり無欲顔　──イッサ
lightning flash— / only the dog's face / is innocent

49. 最終章

あの涙まみれの愛の行為のあと、ナターシャに電話するのを一週間がまんした。すぐに電話しなかったのは、がっついていると思われたくなかったからだ。今度はすべてうまくやり遂げるのだ。

私たちが元のさやに収まるのを何が阻んでいたのか？　私は彼女を愛していたし、彼女もまた私を愛してくれているはずだった。わが家のベッドのうえでの涙なみだの一幕から考えると、他に考えようはあるまい。もしあれが万が一にも愛でなかったとしたら、私たちは「パイプ掃除をやる」だけで、つまりセックスを快適に楽しむだけで終わったに違いない。イッサがつぎの俳句でもって励ました、あばら屋のハエたちのように。

留主にするぞ恋して遊べ庵の蝿
while I'm away / enjoy the lovemaking / hut's flies

距離の問題はもうなくなっていた。ナターシャはニューオーリンズの、しかも私の家からほど近い場所に越してきていた。ふたりの関係が冷めきってしまったのは、彼女が医大に通うためにナッシュヴィルにいるあいだのことだった。私はとうぜん、破局は遠距離のせいだと思った。いまや障害はとり除かれて、顎を私の首のくぼみにのせ、身体を押しつけてきたあの感触からして、彼女がヨリを戻したがっていることはまったくもって疑いないしだ！

一週間もんもんとしながら考えていると、わが心のナターシャが半年のあいだニューオーリンズに暮らしていながら、私に電話する勇気が出なかったのだということに思いいいたった。理由だって? もちろん私に拒まれるのが怖かったからだ! だが慈悲ぶかいブッダが介入して、私がキャロルトン通りの緑のテントのしたでビールを煽りながら蚊に刺されていたちょうどその時に、ナターシャのサクランボ色のスポーツカーが通りかかるようにおもんぱかってくださったわけなのだ。

＊＊＊

電話の音が一度鳴った。二度鳴った。新たなる人生のはじまりへの期待に、私の胸も高鳴った。

男の声が答えた。

「誰だい?」ガラガラで荒っぽいマッチョな声だった。

「ナターシャの友だちだけど、ナターシャいますか?」

「ちょっと待って」と怒ったような声。

ナターシャの明るくて元気な声が聞こえた。「さっきの、新しい彼氏なの」と勢い込んで話しはじめた。「とってもいい人なの。新聞の個人広告で知り合ったのよ」

男がどんなに素晴らしいかについてのおしゃべりがつづいた。いっしょにいると本当に落ち着くの。幼なじみみたいな感じなのよ。十二月に彼といっしょにマサチューセッツに引っ越す予定なの。

「わたし、いまとっても幸せ」浮かれたような声が言った。

「君が幸せになってくれて、ぼくもうれしいよ」と私は嘘をついた。

それで、すべてはおしまい。

＊＊＊

でも実際のところ、ナターシャには感謝しているのだ。何といってもこの本を書くきっかけを与えてくれたのは彼女だった。失恋の痛手から立ち直るために執筆を始めたのだから。

それに私を夢見てくれているブッダにも感謝しよう。私がある日、パフィン版ペーパーバックの『デッパ日記』に出くわして、俳句に開眼し、わが生活が一変するきっかけを与えてくれたのだから。感謝いたします、ブッダよ。私と、他のすべてのもの、すべてのひとたちを夢見てくれてありがとうございます！　アーメン。

クロは正しかった。この世のすべては過ぎ去るのだ、それも私たちが思うよりもずっと早く。

そして、奔放な、緑衣のミドだって正しかった。瞬間、瞬間こそ、楽しむに値するものなのだ。

シロもまったく正しかった。ずっと口をつぐんでいたのだから。

それに伏し目がちの愛らしいおキクさんと幸せな結婚を果たした、イッサの幸運を祈っておこう。その言葉と沈黙は両方とも、いつだって、同じくらいに価値が深かった。

これで充分なのだ。このアパートのひび割れた壁の外で、定めなき世界が浮かび、漂い、流れていく。明るい光にあふれた九月の一日。まったく俳句日和だな。

俳句をつくりに出かけてみようと思う。

解説

本書の著者ラヌー氏が持つ一茶への情熱は並々ならぬものがある。それは、彼の一茶俳句英訳ウェブサイト <http://haikuguy.com/issa/> を見れば一目瞭然である。ラヌー氏が二十年以上かけて英訳した一茶俳句がキーワードから検索でき、その句数はいまや九千句に及んでいる。

ラヌー氏は、一九五四年にネブラスカ州オマハで生まれ、一九八一年にネブラスカ州立大学より英文学で博士号を取得し、現在、ニューオーリンズにあるゼイヴィア大学英文科教授である。俳句作家でもあり、欧米や東欧の俳誌に、二十年以上にわたって俳句や俳句に関する論文を執筆している。ニューオーリンズ俳句協会の創設者の一人であり、アメリカ俳句協会の活発な会員でもある。

『ハイク・ガイ』は、二〇〇〇年に元々アメリカで出版されたが、その後、ブルガリア語、セルビア語、フランス語にも翻訳されて出版され、二〇〇九年にはスペイン語でも出版が予定されている。「俳句小説《ハイク・ノベル》」と名付けられたこの作品は、俳文と現代小説を融合したものであり、『笑う大仏』に続く、ラヌー氏の小説作品第二作目である。序文にあるとおり、一茶の研究書も二冊ある。したがって、ラヌー氏にとって一茶は俳句の師であり、研究対象であり、フィクション創作の源泉でもある。

そのような理由によって、本書は小説といっても、ラヌー氏自身が序文で述べているとおり、句作マニュアルでもあり、俳人の師や弟子との出会いを踏まえた研究評伝であり、自らが登場するフィクションであり、また、それらが渾然一体となったものである。そのために、作品の舞台はニューオーリンズ、一茶の故郷、ラヌー氏の故郷ネブラスカ州、長崎などの日本各地へと飛び、時代も日本の江戸時代、アメリカの現代などを飛び回る。設定は縦横無尽と言ってよく、何ものにも縛られない奔放さがある。

こうした発想の自由さは、ラヌー氏が学生時代に触れた、俳句解釈の無限の可能性、融通無碍の拡大解釈に起因しているようだ。本書のなかで、学生時代に学んだ、一茶の「かたつぶりそろそろ登れ富士の山」は、解釈において、かたつぶりが本当の富士を登るのか、寺の庭にある小山を登るのか、山は一茶の人生を象徴しているのか、種々のイメージを喚起させるという。そして、そうした「イメージを取捨選択するのではなく、むしろすべて生かすのである」（第39章）と書いている。つまり、ラヌー氏のアメリカの生まれ故郷も信州も現住所もすべてフィクションに生かす姿勢は、彼の学生時代に遠因があるようだ。本書の読者層も、ブルガリア、セルビア、フランス、スペイン、日本の各地で、時空を超えて自由自在に世界に拡がっている。

日本大学教授・国際俳句交流協会理事　木内　徹

【著者】

デイヴィッド・G・ラヌー

1945年、ネブラスカ州オマハ生まれ。1981年にネブラスカ州立大学で英文学博士号を取得。現在、ニューオーリンズにあるゼイヴィア大学英文科教授。俳句作家でもあり、欧米や東欧の俳誌に俳句や俳句に関する論文を執筆している。ニューオーリンズ俳句協会の創設者の一人であり、アメリカ俳句協会の活発な会員でもある。ラヌー氏が20年以上かけて英訳した一茶俳句は今や9000句に及び、彼のウェブサイト〈http://haikuguy.com/issa/〉で一茶俳句がキーワードから検索できる。
著作に『一茶：一杯の茶の詩 Issa : Cup-of-Tea poems』(1991)、『浄土の俳句：僧侶一茶の芸術 Pure Land Haiku : The Art of Priest Issa』(2004) など。

【訳者】

湊　圭史

1973年生まれ。英文学研究者。大学講師。

ハイク・ガイ

2009年　5月　10日　　第1版第1刷発行

著　者　デイヴィッド・G・ラヌー

訳　者　湊　圭史
発行者　高橋 考
発行所　三和書籍

〒112-0013　東京都文京区音羽2-2-2
TEL 03-5395-4630　FAX 03-5395-4632
http://www.sanwa-co.com/
sanwa@sanwa-co.com

印刷所　株式会社平河工業社

ISBN978-4-86251-046-4　C1097

三和書籍の好評図書

Sanwa co.,Ltd.

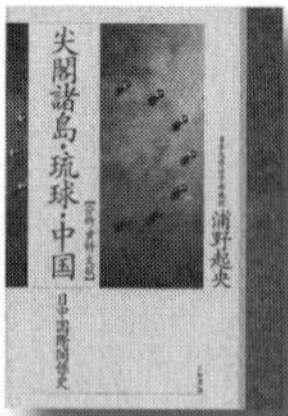

増補版　尖閣諸島・琉球・中国

【分析・資料・文献】

浦野起央著

A5 判　上製本　定価：10,000 円＋税

●日本、中国、台湾が互いに領有権を争う尖閣諸島問題……。筆者は、尖閣諸島をめぐる国際関係史に着目し、各当事者の主張をめぐって比較検討してきた。本書は客観的立場で記述されており、特定のイデオロギー的な立場を代弁していない。当事者それぞれの立場を明確に理解できるように十分配慮した記述がとられている。

冷戦　国際連合　市民社会

——国連 60 年の成果と展望

浦野起央著

A5 判　上製本　定価：4,500 円＋税

●国際連合はどのようにして作られてきたか。 東西対立の冷戦世界においても、普遍的国際機関 としてどんな成果を上げてきたか。そして 21 世紀へ の突入のなかで国際連合はアナンの指摘した視点と現実の取り組み、市民社会との関わりにおいてどう位置付けられているかの諸点を論じたものである。

地政学と国際戦略

新しい安全保障の枠組みに向けて

浦野起央著

A5 判　上製本　460 頁　定価：4,500 円＋税

●国際環境は 21 世紀に入り、大きく変わった。イデオロギーをめぐる東西対立の図式は解体され、イデオロギーの被いですべての国際政治事象が解釈される傾向は解消された。ここに、現下の国際政治関係を分析する手法として地政学が的確に重視される理由がある。地政学的視点に立脚した国際政治分析と国際戦略の構築こそ不可欠である。国際紛争の分析も 1 つの課題で、領土紛争と文化断層紛争の分析データ 330 件も収める。

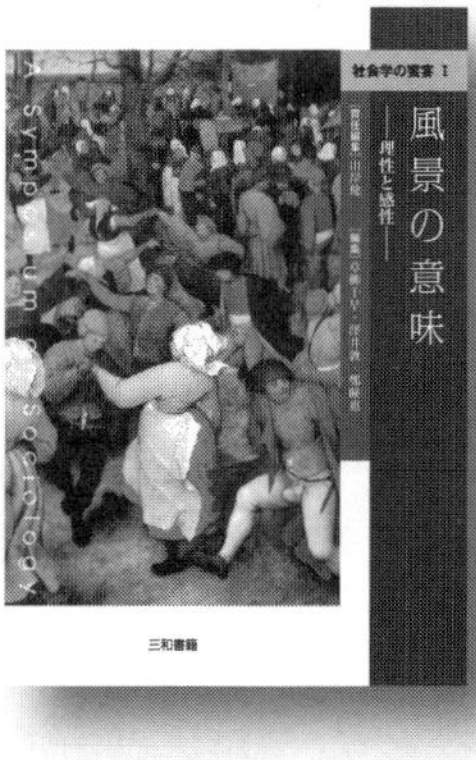
社会学の饗宴 I
風景の意味
―理性と感性―
三和書籍